第二の人生は雑用係でお願いします

英雄ブランの人生計画(キャリアプラン) 2

美紅

Illust. fame

モンスター文庫

クルール

Couleur

【剣聖】。
ブランの師匠で元０級冒険者。

「アンタ、
まだ8級なんだろ？
アタシが昇級できるよう、
手伝ってやるよ」

「いや、結構だ」

レジーナ
Regina
【黒帝】に憧れる1級冒険者。

ブラン
Blanc
【黒帝】。今は【雑用係】。

Blanc's Plan 2

Contents

英雄ブラン(キャリアプラン)の人生計画　第二の人生は雑用係でお願いします②

美紅

プロローグ

――【魔人会】。

それはかつて世界を震撼させた、巨大な組織。

魔人会は、本来、敵同士である魔族と人間が秘密裏に手を組み、新たな種族を生み出すことを目的とし、活動してきた。

その過程は血塗られたもので、実験のため、多くの子供の命が奪われることに。

そして、ブランもまた、その実験の被害者だった。

だが、この事態を重く見た各国により、ついに魔人会は滅ぼされることになる。

その際、当時0級冒険者だったクルールも駆り出され、魔人会壊滅後、ブランを保護することになった。

こうして、魔人会の存在は闇に消えた――はずだった。

「――我々の存在が気付かれたかもしれん」

そう口にしたのは、クレットの地下水道にて、キマイラを秘密裏に造り上げていた男――アランだった。

地道にクレットに隣接する【魔の森】から魔物を集め、研究を進めてきたアランだったが、ある日、何者かに研究所に侵入されたことにより、研究資料含め、すべてを灰燼に帰すことになってしまったのだ。

するとそんなアランの言葉を受け、目の前の円卓に座る人影たちは、それぞれの反応を見せる。

「何だ何だ？　お前の失敗話を聞かされて、俺たちにどうしろってんだ？」

「何⁉」

「だってそうだろ？　気付かれたのは、お前の研究所だ。つまり、俺たちの存在がバレたってんなら、お前のせいってことになるだろ？」

「くっ……」

人間とは異なる青白い肌に、赤い目。

魔族の特徴を持つその男――ジオールは、アランを嘲笑う。

そしてアランもまた、その内容が事実であるため、言い返すことができない。

アランは悔し気な表情を浮かべながらも、何とか口を開いた。

「……確かに、我らの存在がバレたとしたら、それは私のせいだろう。しかし！　私の研究所には、それこそ魔法系の特級冒険者でも来ない限り、決してバレることのない結界魔法を使っていたのだ！」

6

「そりゃお前の勘違いで、大した結界魔法じゃなかったんだろ？」

「何だと⁉」

ジオールの言葉は聞き捨てならないと、アランが食って掛かろうとした瞬間だった。

「――止せ」

二人の争いに割って入ったのは、半透明なゲル状の肉体を持つ魔族――ゲリューザだった。

「ゲリューザも言ってやれよ。コイツの魔法の腕が低かったってよぉ」

「くっ！」

「今は争っている場合ではない。それに、アランの結界魔法がそう簡単に見つけられるものではないことを、ジオールも知っているだろう？」

「ケッ……」

ゲリューザの言葉に、ジオールは渋々引き下がる。

アランはゲリューザやジオールのような魔族ではなく人間であり、特殊な肉体は持ち合わせていない。

だが、魔族の二人に比べ、アランは魔法の扱いに長けており、それはこの場にいる全員が知っていることだった。

——魔族と人間。

魔人会はこの二つが手を取り合い、二つの力を融合した新種族を生み出そうと活動してきた。

その際、魔族はその力を提供し、人間は提供された力を子供に使い、実験する。

一見すると協力体制にあるように思われていたが、その内情は違う。

魔族は人類の研究技術を利用し、いずれは生み出された新種族を自身の主である【魔王】への反逆の駒にするため。

人類は魔族の力を利用し、新たな力を手に入れ、新種族となることで、魔族をも支配し、世界の頂点に立つため。

それぞれの思惑があったがゆえに、同じ組織内でも魔族と人間は牽制し合う関係と言えた。

しかし、世界各国による大討伐の末、魔人会の力は大きく削がれることになった。

故に、今までは闇に息を潜め、復活の機会を窺っていたのだ。

「ふむ……あの地にアランの魔法を見破れる実力者がいるなんて話は聞いていなかったが……」

「――どうしました？」

「……ドレアスか」

ゲリューザが思案していると、不意に魔法陣が出現し、一人の魔族が現れた。

その魔族は執事服に身を包み、竜の角と尾が生えている。

そんな魔族――ドレアスは、【第一の魔王】リリスに仕えていた。

「緊急事態とのことで、やって来ましたが……何があったんです？」

来たばかりのドレアスにとって、事態が把握できておらず、首を傾げる。

すると、ゲリューザが説明した。

「アランの研究所がバレたらしい」

「なんと……」

ゲリューザの言葉に、ドレアスは微かに目を見開く。

「研究所は隠していなかったんですか？」

「そんなわけないだろう！　隠蔽する結界魔法は使っていた！　それに、私の研究所はクレットにあるんだぞ？」

「ふむ……それは確かにおかしいですね。【魔の森】に隣接してはいますが、あそこには大した実力者はいなかったはず……ですよね？」

「その通りだ。クレットには、キマイラを倒せるような冒険者は存在しない。だからこそ、あの地で実験を続けていたんだ。あの地の協会の最高戦力は、ギルドマスターのオーグ。だがヤツは、元4級冒険者だ。キマイラを倒せるのは1級以上であり、1級以上の実力者は常に居場所をマークしている」

「そうですね……」

「何より、私の結界魔法は特級でなければ決して見破ることなどできん！」

「ふむ……そこが謎だな。特級なぞ、1級以上に管理される対象だ。クレットに来ていたとすれば、その情報が出回らないはずがなかろう。ならば、我らの知らぬ存在がいるというわけだ」

「そんな存在がいるのか？」

ゲリューザの言葉に、皆が懐疑的な表情を浮かべる。

そんな中、ドレアスはふと、あることを思い出した。

「……一人、いますね」

「何？」

「誰だ、ソイツは！」

声を荒らげるアランに対し、ドレアスは静かに口を開く。

「――【黒帝】」

「なっ⁉」

予想外の名前に、魔人会の面々は目を見開いた。

「【黒帝】だと？　……いや、確かヤツは、三年前に姿を消したんだったな……まさか、ヤツがクレットにいるとでも？」

「さあ……そこまでは分かりませんが、現状考えられる存在はヤツくらいでしょう」

「確かに……他の特級が動いたという話は入っていないからな」

「とはいえ、憶測にすぎません」

「ふむ……まあ引退したとはいえ、特級である以上、死んだとは考えられない。ならば、クレットに身を隠していてもおかしくはないか……」

「でもよぉ、アランの研究所を壊したヤツが本当に【黒帝】なら、問題ないんじゃねぇか？」

「どういう意味だ？」

ジオールの言葉に、ゲリューザは首を傾げた。

「だってよぉ、【黒帝】が活動していた頃、俺たちは完全に身を隠してた。故に、ヤツと俺たちの接点はねぇ。だからこそ、ヤツがアランの研究所を見つけたとしても、俺たちの組織にまではたどり着けねぇだろ」

「ふむ……だが、資料を持ち出されていたらどうする？」

「それを言われちゃあ、どんなヤツだろうが同じだろ」

「それはそうだが……」

「それに、ヤツは三年前に引退し、今まで一度もその姿を捉えられた国はねぇ。俺たちも同じだ。つまり、【黒帝】のヤツは徹底的に身を隠していたことになる。そんなヤツが、わざわざバレる危険を冒してまで誰かに伝えるかね？」

「なるほど……確かに一理あるな……」

「くっ……とはいえ、我らの存在を知れば、襲ってくる可能性も……」

「ばーか。一人で襲ってきて何ができるんだ？」

「な、何だと⁉ ヤツは【黒龍】を倒したじゃないか！」

「確かに、【黒龍】を倒した実力は侮れねぇ。何より俺たちは、過去に一度、特級の連中を相手に負けてる。だが、それは全特級を相手にしたからだ。攻めてくるのが【黒帝】一人なら、何の問題もねぇよ」

「むぅ……」

ジオールの言葉に、アランは唸った。

すると、そんなやり取りを聞いていたドレアスが、口を開く。

「そう言えば……【黒帝】について、一つ面白い情報があるんでした」

それは、ドレアスの主人であるリリスから、【黒龍】を殺した者を見つけ、殺すように命を受けたことで、【黒帝】にたどり着いた際、偶然知り得た情報だった。

「ん？　なんだ？」

ジオールの問いかけに対し、ドレアスはニコリとほほ笑む。


「【黒帝】は――――6号です」


『!?』

ドレアスの言葉は、その場にいるすべての魔人会の面々が言葉を失うものだった。

何故なら――――。

「ば、馬鹿な！　確かに忌々しいあの【剣聖】により、実験体のいくつかは奪われた！　しかし、6号は死んだはずだ！」

「そうだな……俺の聞いた話だと、最後は特級どもを殺すため、アイツを暴走させたはずだ。

そして、それを【剣聖】が殺したと……」


かつて行われた魔人会と世界による戦争は、熾烈を極めた。

そんな中、最も魔人会に甚大な被害を与えた【剣聖】クルールは、魔人会の支部を破壊するごとに、囚われていた子供を解放してきたのだ。

そして、追い詰められた魔人会は、【第六の魔王】の心臓を移植した、組織の最高傑作にして最終兵器である6号——ブランを解き放ち、暴れさせることで、特級を始末しようと試みた。

その結果、クルールはブランと激突し、クルールの手で殺された……はずだった。

しかし、クルールはブランを生かし、他の子供と同じように保護したのだ。

保護されたとはいえ、子供たちは魔人会の非道な実験を受けたことで、危険な状態だった。

故に、各国はそれぞれの子供を監視してきたのだ。

そんな中で、【第六の魔王】の心臓が宿るブランが生きていると分かれば、世界は黙っていない。

もし世界がブランが生きることを許したとしても、他の子供以上に厳しい監視や、監禁を余儀なくされるだろう。

だがクルールはこれを良しとはせず、秘密裏にブランを保護し、引き取ると、世間に隠して育てたのだ。

「ええ。【剣聖】に処分されたと思っていましたが、実は生かされていたんですよ」

「我らはまんまとあのエルフに騙されたというわけか……！」

「クッ……」

戦争直後、身を隠すことに必死だった魔人会に、ブランの様子を確認する余裕はなかった。

世界各国も、魔人会を根絶やしにすることに躍起になっており、倒された魔人会の死体すら、跡形もなく消されてしまう。

故に、今までこの情報を知る術がなかったのだ。

ドレアスの話に、魔人会の面々は悔しそうな表情を浮かべるが、アランはすぐに声を上げる。

「な、ならば、今すぐ6号を回収せねば！　ヤツこそ、我らの悲願に最も近い被検体だ！　それに、6号が【黒帝】ならば、魔力の痕跡を探れば見つけられるだろう！」

希望を見つけたと言わんばかりに顔を輝かせるアラン。

しかし、ゲリューザの表情は暗かった。

「……いや、無理だな」

「な、何？」

「そうですね……6号の時は、【消滅魔法】しか使わせませんでしたから。【消滅魔法】には、魔力の痕跡は残りません」

「あ……」

本来、魔法を使えば、その人間特有の魔力の波動や残滓が残る。

そのため、その痕跡を頼りに、人を探すことも可能だった。

だが、ブランが実験体の時に使っていたのは普通の魔法ではない。

【第六の魔王】が使った、消滅魔法だけを使わされてきたのだ。

そしてその消滅魔法は、ドレアスの言う通り、痕跡が一切残らない。

「【黒帝】の魔力の痕跡は、レディオン帝国の冒険者協会本部に記録があるかもしれませんが、その記録を持つレディオン帝国が未だに【黒帝】を見つけられていないところを考えると、徹底して力を隠しているのでしょう。つまり、魔力の痕跡から【黒帝】を……6号を見つけるのは非常に難しいはずです」

「……6号の顔を覚えている者も、あの戦争で全員死んだ。当然戦争の途中で参加した我らも、6号の顔は知らん」

ここにいる魔人会の面々は、昔の魔人会の主要メンバーとは大きく異なっていた。

というのも、ゲリューザやジオールは、戦争の途中で魔王によって生み出され、その後、合流した存在である。

ドレアスやアランは、管轄が異なったり、戦争中はいち早く身を隠していたりしたことで、何とか生き残ることができたメンバーだった。

故に、その姿からブランを探し当てられる人物はこの場にいない。

しかし……。

「だからと言って、諦めるわけにはいかん」

「だよなぁ……もし本当に【黒帝】が6号なら、必ず確保しなくちゃならねぇ」

「ああ。ヤツを確保すれば、失われた研究は大いに取り戻せる。ヤツを探そう」

「ならば、【黒帝】の魔力の痕跡を？」

そう問いかけるドレアスに対し、ゲリューザは頷いた。

「うむ。ちょうど我の支部はレディオン帝国内にある。何とか隙を見つけ、協会本部から持って来よう」

「お気をつけて。あの地には、【剣聖】が残っていますから……」

ドレアスの言葉に、ゲリューザは不敵に笑う。

「案ずるな……今の我であれば、ヤツ如き、どうとでもなる。それよりも、各々研究を進めるぞ」

――こうして、魔人会は密かに動き出しているのだった。

第一章

救出

「のどかだな」

レディオン帝国に向かい始めて三日。

特に何事もなく、平和な時間を過ごしていた。

一般的に、クレットからレディオン帝国まで移動するのであれば、乗合馬車を利用するべきだろう。

馬車を使えば、本当に何事もないまま、一番効率的な道を使って、大体一週間でレディオン帝国まで行けるはずだ。

とはいえ、実際は魔物が襲撃してきたり、治安の悪い場所なら盗賊に襲われる危険性もあるため、それらを避けながら安全な道を行くと、移動だけでひと月は必要になるだろう。

ただ、料金は高くなるが高速馬車を使えば、五日以内にレディオン帝国まで行くことだってできる。

この高速馬車は、４級の【ヘルホース】が馬車を曳いているため、移動速度が速いだけでなく、道中遭遇するような大体の魔物は、恐れて近づいて来ないのだ。

そのおかげで、危険だが効率的な道を選ぶことが可能になる。

そんな移動手段がある中で、俺は徒歩という選択をしていた。

「普通に歩けばひと月は余裕でかかるだろうが……どうせ近道するしな」

それに、今は歩いているが、俺の場合は走った方が速い。

とはいえ、昔のように依頼に追われているわけでもないため、のんびりとした気持ちで向かっていた。

時折すれ違う馬車の御者に驚かれつつも歩いていると、目の前に山が現れる。

「さて……ここを越えれば、レディオン帝国だな」

そう、俺が徒歩を選んだ理由の一つが、目の前の山を通り抜けるつもりだったからだ。

【ビアルド山脈】と呼ばれる目の前の山は、【魔の森】ほどの危険度はないにしろ、魔物が数多く生息しており、広大な森が広がっている。

あまりの広さに、しっかりと準備をしなければ、簡単に遭難するだろう。

さらに、毒を持った魔物が多いため、冒険者が依頼で来る以外、この山を通り抜けようとする人間はまずいない。

そのため、馬車が通れるような道は存在しなかった。

しかし、俺一人であれば、この場所を通り抜けられる。

「近くに人の気配もなさそうだし……さっさと移動するか」

俺は躊躇なく山に足を踏み入れ、先に進む。

そして、ある程度深い場所まで移動すると――。

「よっ」

近くの樹の枝に飛び乗り、そのまま樹の枝を足場にしながら、森の奥へと跳び出した。

その際、何体かの魔物が俺に気付き、襲い掛かろうとするが、移動する俺の方が速く、魔物が攻撃する頃にはその場から俺は消えている。

そんなわけで、俺は魔物との戦闘を避けながら、森の中を駆け抜けていった。

こうしてしばらくの間森の木々を飛び移り、移動していると、空から斬り裂くような声が聞こえてくる。

「キエェェェ！」

「おっと……」

声の方に視線を向けると、成人男性とそう変わらない巨体の鳥が、俺に狙いを定めていた。

この鳥は【キラー・ホーク】という4級の魔物で、この森一帯の上空を支配している。

キラー・ホークは、その巨大な翼を大きく羽ばたかせると、風の刃をこちらに飛ばしてきた。

「よっ！」

そんな攻撃を俺は避けつつ、ひとまずキラー・ホークを無視して先を急ぐ。

だが、キラー・ホークは中々執念深く、逃げる俺を執拗に追いかけてきた。

「はぁ……なるべく戦闘は避けたかったんだがな」

ここら辺は魔物が多すぎるため、一度相手にすると周辺の魔物まで引き寄せる可能性があった。

だからこそ、戦闘を避けながら移動していたんだが……上空を移動するコイツが相手だと、振り切って逃げるのは難しい。

念のため周辺に人の気配がないことを確認した俺は、剣を抜いた。

「フッ！」

「キエ⁉」

そして、上空のキラー・ホーク目掛け、斬撃を放つ。

キラー・ホークはまさか斬撃が飛んでくるとは思っていなかったようで、慌てて避けようとしていた。

しかし、キラー・ホークが避けるより先に、俺の斬撃がその巨大な翼を捉える。

結果、キラー・ホークは空中で体勢を崩し、そのまま森へと落下していった。

「ん……先に行くか」

これが依頼だったりすれば、きちんと仕留め、素材や討伐証明を持ち帰るのだが、今はただの旅行中であり、食料も困ってない。

それに、素材を確保している間に他の魔物に襲われる可能性もあった。

戦闘の気配がすれば避ける魔物もいるが、中には縄張り意識が強く、襲ってくるものもいる。

ただ、俺がキラー・ホークを森に落としたことで、俺の隙を窺っていた魔物たちの注意を、一斉に手負いのキラー・ホークへと向けることができた。

「これでしばらくは安心だな」

その様子を確認しつつ、俺は再び森の木々を駆け抜けていく。

――それから丸一日かけて移動し、森の中心部に到達した時だった。

「ん？　なんだ？」

一息つこうとしたところで、妙な気配に気付く。

「これは……地下水道の時と似てる……？」

どういうわけか、この森のど真ん中で、地下水道の時と同じように、魔力の揺らぎを感じ取ったのだ。

まだ確証は持てないが、この感じだと、あの結界魔法と似たものが、この近くに張られているのだろう。

ただ、地下水道の時とは異なり、魔力の揺らぎはこちらの方が感じ取れ、質も異なる。

おそらくだが、地下水道の結界魔法を使った者の方が、魔法の腕は上なのだろう。

　それはともかく……。

「……気になるな。確認しておくか」

　自分と関係ないのであれば、無視してもいいのだが……地下水道の一件は、放置していればクレットの街がどうなったか分からない。

　ここは森の中なので、直接的に街に影響が出るとは思わないが、地下水道にあった研究施設のように、妙な実験がされていれば、後々面倒なことになるだろう。

　そう思った俺は、周囲に気を配りつつ、魔力の揺らぎが感じられる場所まで移動した。

　すると……。

「やっぱりな」

　地下水道の時と同じように、結界魔法が張られているのが確認できた。

「地下水道の時は、すべて解除しないといけなかったが……この程度なら、通り抜けられる」

　幸い、術者の腕が低いおかげで、張られている結界魔法を完全に解除する必要がなさそうだった。

　もし地下水道の時のように、結界を完全に解除してしまうと、この場に術者がいれば、気付かれてしまう。

　何が行われているのか確認できない以上、それは避けたい。

ひとまず俺は、結界魔法に魔力を流し込み、そのまま魔法に干渉すると、結界魔法内に侵入した。

「何だ？　ここは……」

鬱蒼と続く森の先に、石造りの建物がいくつか現れたのだ。

すぐさま近くの茂みに身を隠しつつ、周囲を窺う。

すると、かなりの数の人の気配が感じ取れた。

建物の周辺には見張りらしき人物たちが立っており、やはり何らかの組織の拠点なのだろう。

ただ、俺はその様子を見て、妙な違和感を覚えていた。

「うーん……見たところ、普通の盗賊のように見えるが……」

見張りや、建物周辺を行き交う人間たちは、盗賊のような恰好をしていた。

特段、そのこと自体がおかしいわけじゃないが、こんな規模の建物を建設できる盗賊がいるなんて話は聞いたことがない。

建物も、拠点というには立派で、何らかの施設に見える。

それに、ここは森のど真ん中だ。

商隊を襲うにしても、距離がありすぎる。

だとすれば、一体何をしている組織なんだ……？

遠目からだけでは何も分からないと感じた俺は、気配を消し、建物に近づいた。

すると、見張りの盗賊たちの会話が耳に入って来る。

「ふぁ……見張りなんているのかねぇ。こんな場所で、結界魔法まで使ってるんだ、侵入者なんているはずねぇのによ」

「まあな。それにしても……ヤツらと手を組んでから、俺たちも安全に襲撃できるようになったよな」

「ああ！　おかげ様で、色々楽しませてもらってるぜ」

「ほどほどにしとけよ。お前のせいで何人の女がダメになったのやら……」

「うるせぇなぁ。仕方ねぇだろ？　俺たちに回って来る頃には、すでにボロボロなんだからよ」

「それもそうか。しっかし……アイツら、ここで何の実験をしてんのかねぇ？」

「さあ？　詳しいことは何も分かんねぇよ。だって、実験室の近くにゃ、ゴーレムが配置されてんだぜ？　おっかなくて近づけねぇよ」

俺は聞こえてくる盗賊たちの会話に顔を顰める。

ふむ……実験か……普通の盗賊からは考えられない単語だな。

やはり、ここは何らかの組織が関与しているようだ。

もしかすると、あの地下水道で見た、妙なシンボルの団体かもしれない。

何となく話の中で察していたが、ここには攫われた人がいるようだ。

盗賊に攫われた人間となれば、ほとんどが慰み者になる。

だが、ここは普通の盗賊の拠点じゃない。

先ほどの話に出ていたような、実験とやらに、攫われた人間が使われる可能性もあった。

盗賊たちの話を聞きつつ、俺は気配を感知する範囲を広げる。

すると、この拠点の奥地に、弱々しい気配が固まっているのを感じ取った。

おそらくそこに、攫われた人がいるのだろう。

しかし、それと同時に、その周辺には人間ではなく、魔物らしき気配も感じられた。

これが、先ほどの話に出たゴーレムなのだろう。

「……助けるか」

まだ見つかってない以上、この場をスルーし、先に向かうことも可能だ。

俺としても、面倒ごとは避けたいしな。

だが、師匠から人助けというものについて、何度も教えられてきた。

そのおかげか、昔は人助けという行為が理解できなかったが、雑用依頼を通じて、人助けというものがいいものだと、俺も思うようになったのだ。

「となれば……」

俺は近くの石を拾いあげると、見張りたちの近くに放り投げる。

「ん？」

「どうした？」

「いや、石が飛んできて――!?」

俺は見張りの視線が石に向かったのを確認すると、すぐさま見張りの一人の背後に回りこみ、そのまま首をへし折った。

すると、もう一人の見張りも同じように石へと視線を向けていたが、こちらに視線を戻す。

「何だ、どれのこと――!?」

「フッ！」

そして、俺の姿を確認し、目を見開いた瞬間、殺した盗賊の腰にあったナイフを抜き、もう一人目掛けて投擲した。

投擲したナイフは、残る見張りの眉間に突き刺さり、一瞬で命を散らす。

こうして、二人の見張りは悲鳴を上げる間もなく、始末できた。

「ふぅ……まず二人」

魔法を使えば、この施設ごと一気に殲滅できるが、攫われた人がいる以上、そういうわけにもいかない。

それに、この妙な団体に、俺の魔力の痕跡を覚えられても面倒だ。

幸い、盗賊たちの規模はそこまで大きくなく、感知できる気配は五十名くらいだろう。

とはいえ、いずれ始末した二人の存在はバレるだろうし、身を隠しながらすべてを倒すのは難しいはずだ。

「なら、先に攫われた人を救出しよう」

人質に取られると面倒だしな。

俺は荷物からローブを取り出し、フードを被ると、口元にも布を巻いて、顔を隠した。

万が一、この場所の人間を逃がした際、顔を覚えられないためだ。

そして、すぐさま拠点内に侵入し、攫われた人がいるであろう施設目掛けて、移動する。

幸い、この場所と結界魔法のおかげで、外敵というものを意識する必要がない盗賊たちは、拠点内ではくつろいだ様子を見せており、施設まで一気に接近することができた。

そんな施設の前には、話に聞いていたゴーレムが三体配置されており、施設の入り口を厳重に警戒している。

警備のゴーレムはどれも灰色の石で構成されており、同じ種類だった。

ゴーレムの素材を見たところ、６級の【ストーンゴーレム】だろう。

この森周辺に生息している魔物は相手にできないだろうが、盗賊たちなら、このゴーレム三体で十分蹂躙できそうだ。

「さて……さすがにアイツらを音もなく倒すのは無理だな」

ゴーレムは倒れれば、そのまま体が崩れるため、大きな音を立てる。

そうなれば、さすがに盗賊たちも気付くだろう。

とはいえ、時間がない。

俺は一気に施設に向けて駆け出すと、そんな俺に、ゴーレムたちが気付いた。

そして、迎撃態勢を取ろうとした瞬間、俺は剣を抜き放つ。

そのひと振りで、俺は三体のゴーレムの胴体をまとめて——一刀両断。

胴体と下半身が分かれたゴーレムたちは、そのまま音を立て、崩れ落ちた。

「な、何だ⁉　何の音だ⁉」

「施設からじゃないか⁉」

やはりと言うか、今の音が盗賊たちにも伝わったようで、慌ただしい気配が感じられる。

そんな気配をよそに、俺はすぐに施設に飛び込んだ。

すると、そこは拠点とは雰囲気が変わる。

「これは……」

地下水道の研究施設のように、よく分からない装置が並び、何やら液体に漬けられた魔物がたくさん並んでいたのだ。

それに、周囲の壁には時間が経って黒くなった血液が、あちこちにこびりついている。

……何が行われてるのかは知らないが、穏やかじゃないな。

そのまま先に進んでいくと、俺は目の前の光景に目を見開く。


「何だ、これは……」


俺の目に飛び込んできたのは、虚ろな表情を浮かべる人間の子供たちが、拘束具の付いた寝台に寝かされ、並べられた空間だった。

しかも、その子供たちの体には無数の管が繋がれており、その管の先には、妙な液体の詰まった容器が。

これは……何だ？　何が行われているんだ……？

理解できない光景に呆然とすると、不意にすさまじい頭痛が襲う。

「ぐっ⁉」

たまらずその場に膝をつくと、脳裏に身に覚えのない光景が流れてきた。

――それは、俺が幼い頃の姿。

この場にいる子供たちと同じように、俺も様々な管に繋がれ、寝かされているのだ。

そして、靄がかかったように顔の見えない大人が、手にしたナイフを俺の胸に突き立て

――。

「っ！　はぁ……はぁ……」

頭痛が収まった俺は、胸に手を当て、必死に息を整える。

今の光景は……何だ？

俺は一体――何なんだ？

……考えても分からない。

思えば、俺は師匠と一緒に暮らしていた前の記憶が……何もなかった。

そしてそれを不思議に思ったこともない。

ただ、気付いた時には師匠のところで生活をしていて、【黒帝】として活動するようになったのだ。

「う……あ……」

先ほどの記憶について考えていると、不意に施設の奥から声が聞こえてくる。

「！」

そうだ、今は自分のことを気にしている場合じゃない。

俺はすぐさま立ち上がり、フードを被りつつ声の方に向かう。

奥に向かうと、そこは牢屋になっており、襤褸を着た女性たちが押し込められていた。

ただ、牢屋にいる女性の何人かは酷く汚れており、目から光が消えている。

「だ、誰ですか⁉」

すると、比較的健康そうな女性が、俺に気付いて声を上げた。

「……君たちを助けに来た」

「え？」

驚く女性たちをよそに、俺は腰の剣を一閃させる。

すると、女性たちを閉じ込めていた牢が、一瞬でバラバラになった。

「う、嘘……」

「ほ、本当に助けが来たの？」

「うぅ……こ、これで帰れる……」

解放されたことによる安堵からか、何人かの女性が泣き出してしまう。

だが、残念ながら落ち着いている暇はない。

「すまないが、今すぐここから出るぞ」

「わ、分かりました」

少し冷たいかもしれないが、ハッキリとそう告げると、捕らえられていた女性の中で一番年長のものが、頷いた。

そして、その年長の女性が指示を出すと、次第に他の女性たちも動き始める。

ただ……。

「その、この子たちは……」

「……」

動ける女性たちが痛ましい表情で見つめるのは、未だ牢屋の中で座り込み、虚ろな表情を浮かべる女性たち。

その姿から察するに、この施設で酷い扱いを受けてきたのだろう。

……これだけ他の女性陣が動いているというのに、一切動くそぶりを見せない。

それに……もうこの女性たちの命は、長くない。

俺が再び剣を構えると、年長の女性が慌てる。

「ま、待ってください！　どうするつもりですか？」

「……残念だが、彼女たちを連れていくことはできない。それに……もう、長くないだろう」

「っ！」

この場にいる全員がそれを分かっていたのだろう。

それ以上、何も言うことができなかった。

そんな彼女たちを背に、改めて剣を構える。

「どうか安らかに」

――――彼女たちの命を、一瞬で刈り取った。

俺の行動を前に、女性たちは目を伏せ、肩を震わせる。

「行こう」

「……はい」

俺が促すと、女性たちは眠っていった彼女たちに一瞥し、動き出した。

急いで出口に向かう中、実験室に戻ってくる。

すると、そこに広がる光景に、女性たちは再び言葉を失った。

「こ、これって……」

「ここのことは知らなかったのか？」

「は、はい。私たちは毎回、目隠しされた状態で移動させられてましたから……」

「そうか……すまないが、この子たちの拘束を解く手伝いをしてもらえるか？」

「え？　こ、この子たちは大丈夫なんですか⁉」

先ほど俺が葬った女性たちのように、子供たちの表情も虚ろだからだろう、年長の女性が驚きの声を上げる。

「ああ。何らかの薬で意識こそ混濁しているが、体は無事だ。頼めるか？」

「わ、分かりました！」

子供たちが無事だと分かると、女性たちは一斉に子供たちの拘束を取り外しにかかる。

そして俺は――――。

「すまない、少し外す」

「え？」

驚く女性たちをよそに、一気に施設の入り口まで駆け戻った。

すると、施設の外には、この結界内にいたすべての盗賊たちが集まっていたのだ。

「おい、出てきたぞ！」

「あいつが侵入者か⁉」

盗賊たちは俺の姿を見つけると、武器を構え、殺気を飛ばしてくる。

……コイツらが、あの女性たちを痛めつけたのだろう。

そう思った瞬間、俺の心にどす黒い何かが沸き上がった。

……変な気分だ。

師匠と過ごしていた時や、【黒帝】として活動していた頃だって、こんな感情になったことは一度もない。

体の内側……心臓が激しく鼓動し、目の前が赤く染まる。

だが、胸中では激しい感情が渦巻くのに対し、頭はどこまでも冷たく、目の前の盗賊どもを冷静に見つめていた。

すると、盗賊のリーダーらしき男が前に出る。

「どっから現れたのかは知らねぇが……たった一人で来るとは、馬鹿なヤツだなぁ？」

心底小ばかにした様子で、俺を見つめるリーダー。

その声や表情の一つ一つが、気に障る。

しかし、そんな言葉に無反応でいると、リーダーは不愉快そうに舌打ちした。

「チッ……こちとら、これから楽しもうかって時に邪魔されて、死ぬほど苛立ってんだよ。まさかとは思うが、女どもを逃がそうだなんて思ってねぇだろうな？」

「……」

「……どうやら、よほど死にてぇようだな」

リーダーが殺気を飛ばしてくると、周囲の盗賊たちは下卑た笑みを浮かべる。

そこで俺は、初めて口を開いた。

「お前たちはなんだ？」

「ああ？」

「ここは何の施設で、どうしてそんなことをするんだ？」

この盗賊どもだけなら、ただの連中のアジトと考えていいだろうが、この施設は明らかに盗賊の域を超えている。

もしこれが、この場所だけでなく、他にも似たような場所があるなら、師匠に伝えなきゃいけない。

だが当然、盗賊たちの答えは決まっていた。

「はあ？　そんなもの、教えるわけねぇだろ！　てめぇら、ソイツを殺せ！」

『うぉおおおおお！』

リーダーの合図とともに、一斉に雪崩れ込んでくる盗賊たち。

そんな盗賊どもを無感情に眺めながら、俺は剣を抜いた。

そして――――。

「消えろ」

横薙ぎ一閃。

その瞬間、雪崩れ込んできた盗賊たちの首と胴体が、すべて離れた。

「え、あ、は？」

一瞬にして盗賊たちが全滅した状況に、リーダーの思考は固まる。

「な、何が起きて――――」

「手足はいらないな」

「え――――ぎゃあああああああ！」

再び剣を数回振るうと、リーダーの手足は一瞬で切り飛ばされ、その場に転がり落ちた。

「う、腕、足が！　俺の腕と足がああああ！」

「――――もう一度聞く。この場所は、一体なんだ？」

俺は地を這うリーダーの体を踏みつけながら、そう問いかけた。

すると、最初の威勢はどこに消えたのか、リーダーの男は泣きじゃくりながら声を上げる。

「し、知らない！　知らないんです！」

「何？」

「ほ、本当なんです！　俺たちはただ、この場所や戦力を提供されただけで……」

「誰に」

「いつもフードを被っていたので、分かりません！　それで、ソイツに場所を提供される代わりに、適当な商隊や旅人を襲って、ガキどもをよこせと言われて……」

つまり、この盗賊たちは妙な組織から声をかけられただけで、その実態は把握できていないようだ。

そして、この結界魔法で確保された安全地帯を基地として利用する代わりに、盗賊行為で襲った人たちの子供を、その組織の人間に渡していたと……。

組織の人間は子供だけを集めているようだったが、盗賊は女性たちも集め、酷い行いをしていたわけだ。

聞き出せる情報を聞き終えると、リーダーの男は必死に泣き叫ぶ。

「た、頼む！　助けてくれぇ！　俺たちはただ、ソイツに従ってただけなんだよ！　施設で何を見たか知らねぇが、俺たちは関係ないんだ！」

恥も外聞もなく必死に命乞いをするリーダーの男。

すると、背後から女性たちが恐る恐る近づいてくるのを感じ取った。

俺は、即座にフードを被り直す。

「ひっ！」

「こ、これって……」

施設を出て、すぐ目の前には首を失った死体の数々。

そんな悲惨な光景を目にしたことで、何人かの女性は吐いてしまい、それ以外の女性陣も顔を青くしていた。

すると、年長の女性が近づいてくる。

「あ、あの、これはいったい……」

「ここにいた盗賊どもだ。そして、目の前のこいつが、そのリーダーになる」

「！」

俺がそう言いながらリーダーの男を示してやると、吐いたり、顔を青くしていた女性陣の表情が強張った。

だが、次第に自分たちがされてきたことを思い出したようで、その顔に憤怒の形相が浮かぶ。

そんな彼女たちに向け、俺は一言告げた。

「俺の用事は終わった。あとは貴女たちで好きにしていい」

「ま、待て！　待ってくれ！　お、俺が悪かった！　だから！」

自分の置かれている状況を理解できたのだろう。

これ以上ないほど必死に泣きすがるリーダー男。

しかし、今まで地獄を見せられてきた彼女たちが、そんなもので止まるはずもなかった。

「この……！　お前たちのせいで！」

「死ねっ！　死ねぇ！」

「いあ、や、やべ……あが、ぎぃいいいい⁉」

背後から聞こえる男の絶叫を無視し、女性たちによって解放された子供たちの状態を確認した。

……これなら、少し時間が経てば元に戻るだろう。

どういうわけか、俺はそう直観的に分かった。

とはいえ、使われていた薬剤が分からないため、何か副作用があるかもしれない。

念のため薬剤は回収しておいたので、師匠の伝手を使い、何とか調べてもらう。

そんなことを考えている間に、女性陣たちの復讐は終わったようで、リーダーの男はもはや人間としての原形を留めていない状態で、死に絶えたのだった。

＊＊＊

盗賊団を壊滅させた後、あの場にとどまっていれば、あの施設の主が帰ってくるのだろうが……女性たちのことを考え、離脱した。

道中、彼女たちの故郷などについて聞いたのだが、皆盗賊の手で家族を奪われたりしたことで、帰る場所がないようだ。

そのため、ひとまず俺と同じくレディオン帝国まで向かうことに。

一人の時は、襲ってくる魔物を振り切って逃げることもできたが、この大所帯だとそういうわけにもいかない。

なので、適当に魔物を処理しながら進んでいると、次第に女性たちの俺に対する警戒心は薄れていった。

ただ、残念ながら移動中に子供の意識が覚醒することはなかった。

そして――――。

「見えたな」

森を抜けると、レディオン帝国の街――――ガルステンが見えてきた。

ガルステンは帝都ほど大きな街ではないものの、ビアルド山脈から様々な恵みを受け、発展した場所だ。

今の俺が活動しているクレットに近いかもしれない。

ただ、【魔の森】に面しているクレットに比べ、ガルステンの方が安全ではあるが……。

そんなことを考えていると、同じように街の存在に気付いた女性たちが声を上げた。

「ま、街よ！」

「うぅ……ようやく、抜け出せたのね……」

盗賊に攫われ、酷い扱いを受けてきた彼女たちは、感極まった様子で泣き出してしまった。

その様子を見守りつつ、やがて落ち着きを取り戻す。

「す、すみません……」

「いや、気にする必要はない」

そう答えながら、全員でガルステンまで向かう。

さて……そろそろ検問所が見えてくるところだが、一度俺はここで離脱するとしよう。

ここまでくれば、検問所で事情を説明できるだろうしな。

何より、魔法を使ってはいないとはいえ、ずいぶん派手に動いた。

目立ちたくない俺からすれば、彼女たちとずっと行動するわけにもいかない。

もし一緒にいれば、事情聴取とともに、俺の正体も追及されるだろうからな。

街が近づいてきたところで、俺はフードを再度深く被り直し、声をかける。

「さて……俺はここまでだ」

「え⁉」

「ど、どうしてですか？」

「見て分かる通り、俺は目立ちたくないんでね」

「あ……」

さすがに女性たちと行動中も一切顔を見せなかったせいか、俺の目立ちたくないという言葉は受け入れられた。

「検問所で事情を説明すれば、保護してもらえるだろう」

「……分かりました。ここまで面倒を見ていただき、ありがとうございます」

俺の身勝手な事情であるにもかかわらず、女性たちは文句を言うこともなく、俺に対して頭を下げた。

「……偶然の成り行きだ」

「それでも、私たちは貴方に助けられました。本当に感謝してもし足りません」

まっすぐ俺を見つめる年長の女性。

そんな視線を受け、俺は奇妙な感覚に襲われた。

……何度か依頼で感謝を受けることはあったが、ここまでのものは初めてだな。

それは、黒帝の時ですら経験することのなかったものだ。

新鮮な気持ちを体験しつつ、俺は女性たちに背を向ける。

「達者でな」

そして、その一言とともに、その場から立ち去るのだった。

第二章
再会

女性たちをガルステンの街まで送り届けた俺は、そのままガルステンの街を迂回し、帝都まで一気に向かう。

本当はガルステンで一泊するつもりだったのだが……まあ仕方がない。

俺の記憶が正しければ、ガルステンを治めている領主は人格者であるため、兵士たちの質も高い。

故に、女性たちの情報はすぐに領主に伝わり、保護されることだろう。

……あの子供たちの様子も気になるが、幸い時間が経てば薬剤の影響はなくなるようだしな。

領主側で対処できるだろう。

そんなことを考えつつ、なるべく人目を避けながら移動していると、ついに帝都が見えてきた。

「懐かしいな」

――そこは、かつての故郷。

ただし、故郷と呼べるほど、大した思い出はなかった。

ここで暮らしていた時は、ただ貴族の命令に従い、魔物を殺しては帰るだけの毎日で、特別な思い入れは何もない。

だが、今の俺としては、【黒帝】の時に見て回れなかった街並みを、見て回りたいなと思っていた。

それはともかく……。

「まずは師匠の家だな」

エルフである師匠は、帝都の中で暮らしておらず、帝都に隣接している森の中で生活している。

その森こそが、【黒森林】だ。

「相変わらず黒いな」

魔王こそいないが、【魔の森】に匹敵する危険度を誇る【黒森林】。

強力な魔物が数多く生息するこの森の木々は、普通の木とは大きく異なり、幹も葉も、黒色だった。

学者ではない俺には、その詳しい原因は分からないが、師匠は魔力の濃さが関係していると言っていた気がする。

魔力が濃い場所では、魔物が多く発生するからな。

それにしても……。

「妙な気配がいくつかあるな」

帰る前に、ざっと森の中の気配を探った俺は、眉を顰める。

これがただ依頼を受け、森にやってきただけの冒険者であれば、見つからないように意識し、師匠の家に行けばいい。

だが、感じ取れるその気配は、すべて師匠の家の周辺から感じられるのだ。

「監視、か」

俺を失ったレディオン帝国は、すぐさま師匠に俺の居場所を聞いたのだろう。

ただ、俺は詳しい居場所を師匠にも伝えていなかったため、当然答えることはできない。

まあ師匠のことだから、伝えてなくても黙っててくれただろうけど。

「なんにせよ、監視の目があるなら正面から行くのは無理だな……」

気配の感じ的に、おそらく2級、1級程度の実力だとは思うが、これだけ監視に集中されている中、気配や姿を殺して師匠の家に侵入できる自信はない。

というより、気配察知は得意でも、気配を消すのは苦手な方だからな。

「……仕方ない。あそこに行くか」

俺はそう呟くと、【黒森林】の中を移動する。

その方向は師匠の家から離れていた。

しばらく森の中を進んでいくと、古びた遺跡が見えてくる。

「ここも久しぶりだな」

【バレント神殿】と呼ばれるこの遺跡は、亡国が昔信仰していたという神を祀る場所……らしい。

残念ながら、詳しいことは何も分からなかった。あんまり興味もないしな。

それに、こんなあからさまな場所がレディオン帝国の近くにあれば、当然調査は行われている。

「……よし。見回りの冒険者はいないな」

気配を確認したところ、巡回の依頼を受けた冒険者はいないようなので、俺は神殿内部に足を踏み入れた。

中に入ると、ところどころ遺跡の壁が崩れ、日が差し込んでいる。

床は石畳でできており、変わった窪みがすべての石畳に彫られていた。

「相変わらず、魔物がいないな」

本来、【黒森林】はたくさんの魔物が生息しているが、どういうわけか、この神殿では魔物が出現することはなかった。

とはいえ、さすがに放置して魔物が出現し、根城にしても困るため、定期的な冒険者による巡回が行われているわけだが……。

懐かしい神殿内を見渡しつつ、中を歩いていくと、奥に鎮座する巨大な彫像の前にたどり着く。

その彫像は、剣を地面に突き立てた男の姿だった。

おそらく、この神殿で祀られていた神で、武神やら戦神だったのかもしれない。

そんなことを考えつつ、俺は腰から剣を抜くと、彫像の剣に刻まれた一筋の線に沿うように走らせる。

そして、決まった規則に従い、手にした剣で石畳の窪みを突き刺していく。

すると――――。

「よし」

突然、彫像の正面にある床が、大きな音を立て、動き始めたのだ。

やがてその動きが収まると、地下に続く階段が出現する。

その階段を下っていくと、頭上の床が自動で動き、元の場所に戻っていった。

それを背後で感じつつ、先に進むと、石造りの一本道が現れる。

天井まではかなり余裕があり、大人三人が横に並んで歩ける程度には横幅も確保されていた。

そんな石造りの道だが、俺が下りてきた瞬間、壁に埋められた石が仄かに光った。

この石は【光石（ひかりいし）】と呼ばれるもので、近くに接近した生物の魔力を自然と吸い取り、仄かに光る性質がある。

ただ魔力を吸われるといっても、微々たるもので、特に気にならなかった。

光石の明かりに照らされた道を、まっすぐ進んでいく。

そう、この場所こそが、師匠の家まで続く秘密の通路だった。

そんな道をまっすぐ進んでいると、俺は微かな違和感を覚える。

「ん？」

その違和感に首を傾げていると――――突如、道の奥から巨大な斬撃が飛んできた！

「うお⁉」

俺は慌てて剣を抜き放つと、その斬撃を受け流す。

び、びっくりした……目の前に現れるまで、斬撃に気付かなかったぞ……。

すると、驚く俺に対し、前方からすさまじい勢いで何かが接近してくる。

「この気配は――――」

「――――久しぶりだな」

「⁉」

俺は咄嗟に剣を正面に構えると、とんでもない剣撃が浴びせられた。

何とかそれを防ぐものの、あまりの威力に膝をつきそうになる。

必死に鍔迫り合いをしながら、俺は目の前の人物に向け、苦笑いを浮かべた。

「くっ……ずいぶんなご挨拶ですね――師匠！」

「フッ」

師匠は軽く笑うと、俺から一瞬で距離を取り、悠然と剣を肩に担ぐ。

――そう、たった今斬りかかってきたこの人物こそ、俺の育ての親であり、元０級冒険者【剣聖】のクルール師匠だった。

エルフであるクルール師匠は三年前とまったく変わらぬ姿のまま、不敵な笑みを浮かべる。

「どうやら、三年の間に剣の腕を上げたみたいだな」

「まあ魔法を使うわけにもいかないので……」

三年前、黒帝としての活動を終えた俺は、軽く師匠に行き先を告げたのち、剣術を磨くため、人のいない秘境に引きこもっていた。

というのも、黒帝時代は魔法を使いながら活動していたため、どこかで俺が魔法を使えば、それがバレてしまう可能性が高くなる。

そのため、黒帝という経歴を隠しつつ、ただのブランで活動するために改めて剣を鍛えたのだ。

まあ黒帝の時とは違い、討伐依頼を受けるつもりはなかったので、必要ないと言えばないのだが、念のためだな。

するとと、師匠もそれは察していたようで、頷く。

「そうだな。魔法を使えば、お前のことを探すヤツらに見つかるかもしれない。だからこそ、私はお前に魔法だけを使うように最初は伝えたんだ」

「え、そういう理由だったんですか？」

俺が黒帝になる前……それこそ冒険者として活動し始めた頃、師匠からは魔法だけを使うように言われていたのだ。

とは言っても、消滅魔法だけは禁止されていたが……。

「まあな。だが、それ以外にも理由はある。昔のお前は魔力が膨大すぎて、自分の魔力で殺される可能性があった。だからこそ、魔法を教え込み、自分で制御する術を身に付けるため、魔法だけを使うように命じたんだよ」

「な、なるほど……」

あまり昔の記憶はないが、俺の魔力が多いのはその通りだ。

まさか、そんな危険な状態だったとは……。

何気に初めて聞くことに驚いていると、師匠は笑う。

「とはいえ、私の専門は剣だ。故に、お前に剣も教え込んだわけだが……役に立ったようだな」

「……ありがとうございます」

俺は改めて、師匠に対して頭を下げた。

そうだ……師匠が俺に剣術も教えてくれたから、今の俺がいるのだ。

何から何まで、本当に頭が上がらない。

そんな風に思っていると、何故か師匠は不敵に笑う。

「それにしても……本当に腕を上げた。これはもう少し確かめねばなるまい？」

「え」

不穏な言葉に思わず固まる中、師匠は笑みを深めた。

「せっかく監視の目が届かないこの場所で再会したんだ。存分に楽しまなければな……！」

「ちょ、ちょっと!?」

俺が制止する間もなく、師匠は一瞬で俺との距離を潰すと、手にした剣を一閃させた。

俺は慌てて上半身を逸らせ、何とかその一撃を避けるが、その際、眼前を斬撃が通り抜ける。

そのことに冷や汗を流していると、続けて斬撃がいくつも飛んできた！

「どうした？　避けてばかりでは何も分からんぞ」

「くっ⁉」

あまりにも唐突に始まった斬り合い。

相変わらず無茶苦茶だ……！

怒涛の攻撃を凌ぎつつ、俺は昔の修行を思い出していた。

……確か昔も、こんな感じだったなぁ。

あの頃は何とも思わなかったが……よく耐え抜いたな、俺。

もちろん、昔と比べれば俺も成長したし、三年間の修行もあって、剣術は上達したはずだ。

だからこそ、師匠の攻撃も昔に比べればさらに容赦がない。

ただ……。

「やっぱりまだまだ追いつけませんね……！」

俺は師匠の斬撃を潜り抜け、そのまま懐に飛び込むと、剣を横薙ぎに一閃――。

しかし、師匠はそんな俺の攻撃に対し、軽やかにその場から跳躍することでかわして見せた。

……この一撃で盗賊たちは一掃できたんだがなぁ……。

いや、盗賊どもと師匠じゃ、実力の次元が違いすぎるわけだが。

思わず遠い目をする中、師匠は楽し気に笑った。

「フッ……当然だ。私はこの剣一つで生きてきたんだからな。そう簡単に追いつかせてやるつもりはないぞ」

「……分かってますけど、ここまで手加減されますとね……」

確かに師匠は、成長した俺に対し、昔に比べれば容赦のない攻撃が飛んできている。

だが、手加減していないわけじゃないのだ。

俺の言葉に、師匠は興味深そうな表情を浮かべる。

「ほう？　どうしてそう思う？」

「だってそうでしょう？　ここは狭い通路で、師匠が本気で暴れれば、この通路なんて簡単に消し飛ぶじゃないですか。そうなると、面倒なことになるでしょう？」

「まあな」

そう、今俺たちが戦っているのは、協会や国も把握できていない、師匠の家に続く秘密の通路なのだ。

石造りで頑丈そうに見えるが、師匠が相手ならそんなものは関係ない。

ここで派手にやり合えば、この通路のことも露呈するし、俺の存在もバレてしまう。

そんなことを、師匠が分からないはずがないのだ。

それに……。

「俺だって成長してますからね。追いつけないにしても、師匠と俺の差くらいは分かってますよ」

「……そうか」

俺の言葉に師匠は軽く笑うと、剣を下ろした。

その様子を見て、俺もようやく一息つく。

「はぁ……でも本当に、いきなりは勘弁してください。少し受け止めるのが遅れてれば、大怪我してましたよ」

「あの程度が止められないようなら、また特訓するしかないな」

「そ、それだけは勘弁してください……」

昔はともかく、今の俺はあの修行をもう一度したいとはとても思えなかった。

そんなやり取りをしていると、お互いに顔を見合わせ、笑いあった。

「お帰り、ブラン」

「……ただいま、師匠」

＊＊＊

通路で師匠と再会した後、俺はそのまま師匠の家にやって来ていた。

家の作りは俺がいた頃と何ら変わりはなく、懐かしい気持ちになる。

「それにしても、よく俺だって分かりましたね？　一応、秘密の通路とはいえ、気配には気を付けながら歩いていたんですが……」

俺がそう訊くと、師匠は答えた。

「確かに昔に比べれば気配を消すのも上手くなったが、まだまだだからな。とはいえ、最初はいきなり秘密の通路に気配がしたことで驚いたが……」

「う、そうですか……」

やっぱり気配を消すのは上達しないなぁ。

「それじゃあ、外の連中には俺のことバレてますかね？」

そう言いながら、俺は師匠の周りを一定間隔で取り囲む気配に意識を向けた。

この気配の主たちは、協会や国から師匠の監視を命令されてる者たちだろう。

俺は気配を消すのは苦手とはいえ、察知は得意だ。

上手く隠れてはいるが、師匠や俺には通じない。

すると、師匠はカーテンを閉め切った窓を一瞥した。

「……いや、この近くの連中の実力じゃ、お前を察知はできないさ。それに、結界も張ってある」

師匠の言う通り、この家の周りには認識を阻害する結界魔法がかけられていた。

そのおかげで、俺の気配消しが多少未熟でも、問題ない。

とはいえ、念には念を入れ、気配は消したままだがな。

そんなことを考えていると、一息ついた師匠が口を開く。

「さて……連絡もなくいきなりやってきたが、どうしたんだ？　まあお前と私の関係を考えれば、手紙を送ることも難しいが……」

「確かに、行き先は簡単に伝えてはいましたが、どこで活動するかまでは教えてませんでしたね」

「ああ。だが、その様子を見る限り、上手く新たなスタートが切れたみたいだな」

「はい。今はリレイト王国のクレットで活動してますよ」

俺がそう言うと、師匠は軽く眉を顰める。

「……リレイト王国までは知っていたが、よりによってクレットか。あそこは【第三の魔王】がいるだろう？」

「はい。滅茶苦茶強かったですよ」

「なっ……戦ったのか⁉」

「まあ成り行きで……でも、最終的には和解しましたから」

　俺の言葉に目を見開いた師匠は、ため息をついた。

「はぁ……無茶をする……まあ【第三の魔王】は人類に対して穏健派だと聞いている。とはいえ、相手は魔王。気をつけろ」

「分かりました」

　確かに、あの時は助かったものの、あのまま最後まで戦っていれば、どうなったのかは分からない。

　俺が黒帝をやめる切っ掛けにもなった【黒龍】とは、まるで比べ物にならない力を持っていたからな。

「まあいい。それよりも、新しい生活はどうだ？」

「とても充実してますよ。まあ当初の予定とは違い、8級になってしまいましたけど」

「まあ今のお前からすれば、ランクは邪魔でしかないだろうからな。とはいえ、順調そうで何よりだ」

「はい」

「それじゃあ、友人はできたか？」

「え？」

思いがけない言葉に、俺は言葉に詰まる。

「友人、ですか？」

「ああ、そうだ」

「友人……」

……友人とはなんだ？

世間一般的には、よく行動を共にし、仲の良い間柄のことを言うんだろうが……。

そうなると、俺に友人はいないことになる。

依頼も休日も、ほとんど俺一人で過ごすからな。

ただ、依頼はちょくちょくアリアと一緒に行動することもあった。

「……友人はいませんが、同業者ならできました」

俺がそう答えると、師匠は呆けた表情を浮かべる。

「は？　いや、待て。お前が【黒帝】の時から、他の冒険者は同業者――」

そしてそこまで言いかけると、あることに気付き、頭を抱えた。

「……そういえば、お前は昔から一人で依頼を受けていたんだったな。同業者と言われてもピンとこないか……だが、そんなお前がはっきりと同業者と口にするんなら、依頼を一緒に受けたんだろう」

「はい。協会から新人育成として薬草採取を教えた後、時々その人とは一緒に薬草採取の依頼を受けたりするようになりました」

「そうか。お前も成長したんだな」

俺の近況報告を聞いた師匠は、優しく微笑んだ。

すると、師匠はふと口を開く。

「それで？　今回いきなり来たわけだが……クレットでの生活が落ち着いたから、報告にでも来たのか？」

「確かにそれもありましたけど、実は師匠に訊きたいことがありまして……」

「訊きたいこと？」

「その……紙とペンを貸してもらえますか？」

俺がそう訊くと、師匠は不思議そうな表情を浮かべつつ、俺に紙とペンを渡してくる。

それを受け取り、俺はクレットの地下水道で見た、あの不思議なシンボルを描いてみた。

「師匠はこのシンボルを知っていますか？」

俺は描いた絵を師匠に見せる。

すると師匠は……。

「……なんだ、これは」

「え？」

師匠は難しい表情を浮かべ、俺の絵を見ていた。

「なんだ、とは？」

「だから、この黒くてぐにゃぐにゃした物体は何なんだ？」

「いや、それが分からなくて師匠に聞きに来たんですけど……」

まさか質問で返されるとは思ってなかったな。

ならば、師匠も知らないのだろうか？

そんなことを考えていると、師匠は続ける。

「待て。お前、本当にこんな物が描いてあったのか？」

「そうですけど？」

何を言ってるんだ？　俺はただ、自分の見たものをそのまま描いただけなのに……。

すると、師匠は一瞬言葉に詰まると、何かを思いつく。

「……よし。それなら、犬を描いてみろ」

「え？　犬ですか？　それはどうして……」

「いいから」

「は、はぁ……」

なんで犬？

よく分からないが、師匠に促されるまま、俺は犬を描き上げた。

「できました」

「――――」

師匠は俺の絵を見ると、これ以上ないほど険しい表情を浮かべる。

「師匠？」

「……一応聞いておくぞ。これはなんだ？」

「え、犬ですけど……」

「犬には見えん」

「えええええ⁉」

「化け物だな」

「ば、化け物⁉」

俺は師匠に渡した絵をひったくり、もう一度自分の描いた絵を見直した。

「いやいやいや！　どこからどう見ても完璧な犬じゃないですか！」

「なら、足どこだ？」

「ここですよ」

「……どうして足が六本なんだ？」

「六本？　よく見てください！　その二つは耳ですよ」

「なぜ耳と足が同じ位置に生えてる⁉」

「生えてないですよ！　ほら、ちゃんと体あるでしょう？」

「そこは顔の中だろう⁉　顔の中に体があるのはどう考えてもおかしいじゃないか！」

ええー？　俺の絵、そんなにおかしいか……？

何度見返してみても、犬だと思うんだがな……。

納得いかない様子の俺に対し、師匠は額に手を当てた。

「……確かにお前には戦う術ばかり教えてきたが……まさかここまで絵心がないとはな……。まあいい。じゃあ、聞きたかった物について、お前が感じた感想を口で伝えろ」

「それでわかるんですか？」

「この絵よりましだ」

ひ、酷い……。

あまりの言われっぷりにがっかりしつつも、俺は地下水道で見たシンボルを思い出す。

「えっと……何て言えばいいんですかね？　こう、横を向いた人間と、同じく横を向いた悪魔？　みたいなシルエットの下半身が渦のように混ざり合ってると言いますか……」

「……なんだと？」

俺の曖昧な説明を受けた師匠は、突然空気を変え、真剣な表情を浮かべた。

そして、さっきまで俺が使っていた紙とペンを手にするとサラサラっと描き始める。

「まさかとは思うが、お前が見たのはこれか？」

そう言いながら師匠が見せてきた絵は、まさに俺が地下水道で見たものとまったく同じだったのだ。

「そう、それです！　そのシンボルが描かれた妙な研究施設がありまして、そこでキマイラが出たんですよ」

「……詳しく話せ」

いつになく真剣な師匠に驚きつつも、俺はクレットの地下水道で起こった出来事について説明した。

さらに……。

「あと、ここに来る途中……【ビアルド山脈】の中腹部分で、似たような実験施設を見つけました。そこでは盗賊もいて、何人かの女性が監禁されていましたが……その実験施設では、妙な薬で意識が朦朧としている子供がいたんですよ。まあそこも壊滅させ、女性と子供たちは途中のガルステンまで連れて行きましたが……」

「……あいつら……」

俺の説明をすべて聞き終えた師匠は、憤怒の形相を浮かべていた。

そして、師匠の体からすさまじい殺気が放たれ、この【黒森林】全体に広がる。

「し、師匠？」

俺が心配しつつ声をかけると、師匠は目を閉じ、怒気を静めた。

「……すまない。取り乱した」

「いえ、俺は大丈夫ですけど……外はかなり大変なことになってますよ？」

たった今、師匠から放たれ殺気により、この家を監視している連中が、慌てて遠くに逃げていく気配を感じ取っていた。

連中は何かが師匠の逆鱗に触れたと勘違いしたんだろう。

師匠は同じように外の気配を感じ取ると、鼻を鳴らす。

「フン。ヤツらにはいい薬になったことだろう。いい加減、私も鬱陶しかったんだ」

「そ、そうですか」

師匠の言葉に苦笑いを浮かべつつ、俺は改めて訊く。

「それよりも、師匠はこのシンボルの存在を知ってるんですか？」

「ああ。その紋章は【魔人会】のものだ」

「魔人会？」

聞き馴染みのない言葉に首を傾げる俺。

すると、師匠はそんな俺に一瞬悲し気な視線を送り、続けた。

「そうだ。ブラン、お前は魔族を知っているか？」

「なんとなくは……」

詳しくはないが、世界各地に存在する魔王たちが、直接生み出した知性を持つ生命体こそ、魔族だったはずだ。

もちろん魔物も魔王たちの戦力として生み出された存在だが、魔物は魔力が濃い場所ならば、自然発生する。

しかし、魔族だけは魔王の手でしか生み出すことができない。

そして、魔王から直接生み出された魔族は、知性だけでなく、力までもが魔物に比べ、遥かに強大だった。

まあ俺が倒した【黒龍】は、【第一の魔王】によって生み出された魔物であるものの、その力は魔族をも凌ぐと言われていたが……あれは数少ない例外だな。

「遭遇したことはないので何とも言えませんが、人類の敵であることに変わりはないですよね？」

「ああ、そうだな。しかし魔人会は……その魔族と一部の人類が手を組み、生み出された組織だ」

「なっ⁉」

予想していなかった内容に、俺は驚愕の声を上げる。

「そ、それはつまり、人類が魔王側についたということですか⁉」

「いや、そういうわけでもない。どうやら魔人会の魔族は、生みの親であるはずの魔王を裏切り、独断で人類と組織を作ったようだからな」

「どうして……」

「さて、な。魔族の詳しい生態は私にも分からん。だが、ヤツらの目的なら知っている」

「目的？」

「――新種族の誕生だ」

「！」

まったく予想していなかった内容に、俺は目を見開く。

「新種族、ですか？」

「そうだ。ヤツらは人類と魔族を融合し、新たな種族を生み出そうとしている。その実験のため、世界各地で幼い子供を攫っては、実験台にしてきたんだ。そして……」

「？」

師匠は一瞬俺に視線を向け、何かを言いかけたが、結局その先を口にすることはなかった。

「……なんにせよ、魔人会はロクでもない組織というわけだ」

「そんな組織がいたなんて……盗賊の討伐なんかは黒帝の時から依頼で受けてましたが、ソイツらのことは初めて聞きました」

「だろうな。なんせヤツらは昔、私を含む０級冒険者や各国の騎士団と協力し、殲滅したからな」

「な、なるほど」

……そんな過去があったのか。

今までそんな話を聞かなかったということは、よほど徹底的に殲滅したんだろう。

そんなことを考えていると、師匠は険しい表情を浮かべる。

「……だが、こうして再びその紋章が世に出たということは、当時討ち漏らしたヤツらの残党が徒党を組み、また暗躍し始めたのだろう。……とはいえ、ヤツらにとって一番重要なものは手元にないはずだがな」

後半は小さな呟きで聞き取れなかったが、なんにせよ、その魔人会の出現は世界的に見てもよくないだろう。

「それで、どうしましょう？　国に伝えた方がいいですか？」

「ああ。だが――お前は手を出すな」

「え？」

予想していなかった言葉に驚くと、師匠は続ける。

「これは、ヤツらを殲滅しきれなかった私たちの問題だ」

「で、ですが、俺も手伝った方が……」

俺がそう言いかけると、師匠は優しく微笑み、俺の頭に手をのせる。

「大丈夫だ。それに、お前はもう、自由になり、新たな生活を始めたんだ。私のことは気にせず、自分の人生を謳歌しなさい」

「……分かりました」

そう言われてしまえば、これ以上俺が言えることは何もない。

すると、師匠はふと俺に訊ねる。

「そういえば、ここに来る途中に何人か救ってきたと言っていたな」

「あ、はい。まあガルステンに置いてきましたが……」

「それはいい。あそこの領主はしっかりしたヤツだ、悪いようにはしないだろう。それにその話は、ヤツから国に伝えられるだろうしな」

確かに、レディオン帝国も魔人会のことを知っているのなら、ガルステンの領主から話を聞いて、動き出すかもしれないな。

師匠は真剣な表情を浮かべる。

「それよりもお前だ」

「え？」

「森の施設でその女や子供たちの光景を見て、何か感じなかったか？」

「あ……」

そう聞かれ、俺はその時のことを思い返す。

「……こう、心にどす黒い何かが沸き上がり、目の前が赤くなったように感じました」

俺が素直にそう話すと、師匠は頷く。

「いいか、ブラン。それが『怒り』というものだ」

「怒り？」

「ああ。お前はその女や子供たちの悲惨な光景を見て、怒りを覚えたんだ」

「これが、怒り……」

……怒りという感情は、理解している。

だからこそ、先ほどの師匠の殺気や怒気は、すぐに分かった。

だが、俺自身が何かに怒ったことは……一度もなかったのだ。

自分の変化に戸惑う俺に対し、師匠は笑みを浮かべる。

「そう困惑するな。その感情が普通であり、お前が成長した証なんだよ」

「……はい」

まだよく分かっていないが……師匠がそう言うのであれば、そうなのだろう。

ひとまず師匠の言葉に納得していると、ふとある物を思い出す。

「そうだ……ビアルド山脈の施設で手に入れた物なんですけど……」

そう言いながら、俺は施設で使われていた薬剤を、師匠に渡した。

すると、薬剤を受け取った師匠は、顔を歪める。

「これは……」

「これが何なのか、分かりますか？」

「……これは、魔物の血だ」

「え？」

まったく予想していなかった内容に、俺は固まる。

「血、ですか？」

「ああ。いくつか薬草類も混ぜられているが……主成分はそうだ」

「ど、どうして……」

「言っただろう？　ヤツらの目的は、新たな種族の誕生だ。その誕生のため、人間と魔物の血を融合させようとしているんだよ」

「……」

本当にとんでもない組織なんだな。

だからこそ、昔に師匠たちによって滅ぼされたんだろうが……。

「それじゃあ、この薬を打ち込まれたらどうなるんですか？」

「……最終的には、魔物の血と人間の血が反発し、死ぬことになる」

「なっ⁉」

「まだ、ヤツらの研究は完成していないからな。ただ、子供だけ狙うということは、何か理由があるのだろう。何にせよ、初期段階であれば、自然と回復するはずだ」

「初期段階？」

「ああ。初期状態はまだ、意識が混濁しているだけで済む。そこから症状が進むと、錯乱状態に陥り、理性が消え、最後は死ぬわけだ」

「……」

聞けば聞くほど、魔人会というものはヤバイ組織だな。

そんな組織を相手に、本当に師匠だけでいいのだろうか？

思わずそう感じていると、不意にすさまじい気配がこの家に迫ってくるのを感じた。

「この気配は……」

「――クルール様！」

突如、玄関の扉が勢いよく開かれる。

するとそこには、金髪碧眼の冒険者らしき女性が、息を荒らげて立っていた。

見慣れないその女性に首を傾げていると、師匠はため息をつく。

「はぁ……乱暴に扉を扱うな。壊れる」

「クルール様、ドアのことなんてどうでもいいです！　それよりも――」

「――どうでもいい、だと？」

女性が勢いよくまくし立てていたが、師匠は眉を顰めると、軽い怒気を発した。

その怒気を受け、女性は顔を強張らせる。

「あ、いや、その……」

「いきなりやって来ておいて、ずいぶんな言い草じゃないか」

「……ごめんなさい」

これ以上はまずいと思ったのか、女性はすぐに頭を下げた。

そんな女性を見て、師匠は再びため息をつく。

「はぁ……もういい。それで？　何の用だ？」

「あ……何の用だ、じゃないですよ！　【黒帝】様が辞めたってどういうことですか⁉」

「え」

お、俺？

まさか、俺について聞きに来たとは思いもよらず、呆けてしまう。

すると、そんな俺に女性が気付いた。

「ん？　誰ですか？　こいつは」

「あ、その……」

普通に名乗ればいいんだが、まさか【黒帝】……つまり、俺を探していると言われ、口ごもってしまう。

そんな俺に師匠はおかしそうに笑った。

「ククク……こいつは私の弟子の一人、ブランだ」

「え、クルール様の⁉」

「ああ。ブラン、コイツはレジーナだ」

「は、はぁ……」

思わず気の抜けた返事をする中、女性冒険者……レジーナさんは、目を見開き、俺のことを上から下までマジマジと眺めた。

そして、どこか怪しむような視線を向けてくる。

「……本当にクルール様の弟子なんですか？　強そうには見えませんが……」

「まあな。コイツには最低限の戦える力をつけさせただけだ。今は冒険者として、リレイト王国のクレットで細々と活動している」

「ふぅん」

レジーナさんはそう口にすると、すぐに興味なさそうに俺から視線を外した。

「それよりも、【黒帝】様ですよ！　辞めたってどういうことです⁉　今はどこに⁉」

「落ち着け。むしろ、何故今なんだ？　アイツが辞めたのは三年前だぞ？」

師匠の言う通り、俺が【黒帝】を辞めたのは三年前の話だ。

それが今こうして問い詰められているというのも不思議な話である。

するとレジーナさんは、悔し気な表情を浮かべた。

「その、ここ数年はとある依頼で【天雷山】に籠りっきりだったので……それで、ようやく依頼が終わって戻って来てみれば、【黒帝】様がいないって話じゃないですか。そりゃあ驚きますよ」

【天雷山】といえば、かなり危険な場所だったはずだ。

見たところ、1級程度の実力はあるようだし、優秀なのだろう。

軽くレジーナさんを観察していると、師匠は口を開く。

「そうか。だが、お前が話を聞いた通りだ。アイツは冒険者を辞めたよ」

……まあブランとして冒険者を始めたんだけど。

しかし、師匠の言葉が信じられないのか、レジーナさんは首を振る。

「どうしてですか！　どうして0級冒険者という地位を捨てて……！」

「レジーナ」

「！」

師匠は真剣な表情でレジーナさんを見つめる。

「誰もが０級冒険者という地位に固執しているわけじゃない。アイツは、０級冒険者という地位以上に大切なものを見つけたんだよ」

師匠はそう口にすると、一瞬俺に視線を向けた。

大切なもの、か。

確かに、昔のようにただ言われるがまま、魔物を討伐し続けた毎日は、何のやりがいもなかった。

しかし今は、小さなことで困ってる人を助けることに、やりがいを感じている。

これが、大切なものなんだろうか？

……まだ、俺には分からない。

それでも、昔以上に楽しく生活できているということだけは、胸を張って言えた。

するとレジーナさんは、呆然と呟く。

「……それじゃあ一体、アタシは何のために……」

一体、彼女は何故そこまで俺に会いたいんだ？

それよりも、俺は彼女と面識なんてあっただろうか……？

……よく分からない。

もしかしたら、アリアの時のように、依頼の最中にちょっとした接触はあったのかもしれないが、当時はただ依頼の魔物を倒すことだけ考えていたし、誰と出会ったかなんて覚えてもいなかった。

むしろ、師匠とレジーナさんの出会いの方が謎だ。

俺が師匠の下で暮らしていた時は確実に出会っていないため、俺が【黒帝】として活動している間に出会ったんだろうが……。

すると、師匠は少し考える様子を見せると、口を開く。

「ふむ……ならば、こうしよう。お前に【黒帝】の居場所を教えてやってもいい」

「え⁉」

「……本当ですか？」

まさか師匠がそんなことを口にするとは思いもせず、師匠に視線を向けると、師匠は俺のことを視線で制した。

「ああ。その代わりしばらくの間、こいつの面倒を見てほしいんだ」

「え、ええ⁉」

まさかここで俺をレジーナさんに押し付けるとは思ってもおらず、つい驚きの声が出てしまった。

レジーナさんはそんな師匠に対し、怪訝そうな表情を浮かべる。

「どうしてアタシが……？　アタシが面倒みるよりも、クルール様の方が……」

「残念ながら、私は用事ができてな。コイツの相手をしてやれないんだ」

「あ……」

……おそらく用事とは、魔人会のことだろう。

とはいえ、まさかレジーナさんと行動するように言ってくるとは……。

なんにせよ、師匠の意図がいまいち分からない。

本当に俺が【黒帝】だとバラすつもりなのか？

そもそも、レジーナさんは頷くんだろうか？

レジーナさんは少し考えこむ様子を見せたが、やがて頷く。

「……分かりました。しばらくの間、アタシが面倒を見ますよ」

レジーナさんから承諾を得た師匠は、俺に視線を向けた。

「……というわけだ。一応聞いておくが、今すぐ帰る予定ではないんだろう？」

「ま、まあそうですけど……」

「ならば問題ないな。しばらくの間、レジーナと過ごしてくれ」

「は、はぁ……」

——こうして俺は、レジーナさんと行動することが決まるのだった。

＊＊＊

――ブランがクルールと再会した頃。

ガルステンに送り届けられた女性たちは、門番に事情を説明し、保護されることに。

すぐさま兵士は領主に連絡を入れると、そのまま領主館まで案内されることになった。

「――盗賊に捕まっていたというのは本当かな？」

そう問いかけるのは、ガルステンの領主であるクレオス。

まさか、保護を求めた結果、領主と謁見することになると思っていなかった女性たちは、緊張で体を強張らせていた。

その様子に気づいたクレオスが、申し訳なさそうな表情を浮かべる。

「すまない、今の質問は無神経だったな」

「い、いえ、お気になさらず……」

すると、女性陣を代表して年長の女性――マリはそう答えた。

「そう言ってもらえて助かる。君たちには辛い思いをさせてしまうが……できれば、何があったか教えてくれ」

クレオスが優しい口調でそう問いかけると、マリは少し躊躇したのち、意を決して口を開いた。

「……私たちはそれぞれ旅の途中で盗賊に襲われ、そのまま盗賊のアジトで監禁されていました。ただ、その盗賊は普通とは異なり、妙な研究施設を持っていたんです」

「その研究施設にいたのが、そこの子供たちか」

クレオスは女性たちと一緒に連れられてきた子供たちについて思い出した。

その子供たちは領主館に案内された後、クレオスの指示により、医者によって体を調べられている。

ただ、未だに自我を取り戻しておらず、ぼうっとしたままだった。

「はい。ただ、私たち女性陣は同じ場所に監禁されていましたが、子供たちのことは助けていただくまで知りませんでした。盗賊の慰み者になる時は、毎回目隠しをされ、連れていかれてたので……」

「……なるほど。確かに普通の盗賊とは違うようだな。そもそも、ビアルド山脈に拠点を構えられるだけの実力がある盗賊は聞いたことがない。あそこは【黒森林】などに比べればマシとはいえ、危険なことに変わりはないからな」

クレオスはそう呟く。

「ところで、君たちを救ってくれたという者についてだが、誰だが分かるか？」

「いえ……若い男性なのは分かっていましたが、顔を隠していましたし、最後まで名乗っていただけませんでした」

「ふむ……一人でビアルド山脈を通過でき、さらに盗賊団も壊滅させる実力がある者、か……最低でも2級以上の実力の持ち主だと推測できるが……」

クレオスは脳裏に何人かの候補を思い浮かべるも、活動拠点が異なっていたり、パーティーで行動する者だったりと、どれも当てはまらなかった。

「おそらく私の知らない実力者なのだろうが……ぜひとも会ってみたいものだな。とにかく、君たちはその人物によって救出されわけだが、その人物が子供たちはいずれ正気に返ると言っていたんだな？」

「はい」

「ということは、その研究施設についても何かしら知っている可能性が高いと……」

「それは……どうでしょうか」

「ん？」

「私たちを救ってくださった際、あの方も施設に驚いていたようだったので……」

「何？」

クレオスは怪訝な表情を浮かべる。

「施設について分からないのに、子供たちが正気に返ると何故分かるのだ？」

「さ、さあ……私には何とも……」

「……すまない。君に訊いても仕方のない話だったな。ただ、医者も時間が経てば回復する見込みがあると言っていた。もしかすると、医学の心得があったのかもしれんな」

クレオスはそう納得することにした。

「とにかく、君たちがこうしてここまでたどり着けて良かった。もし君たちが故郷に帰りたいと言うのなら、全力で援助しよう。ここに留まることにしても構わない。その際も、出来る限りの援助を約束する」

真剣な表情でそう告げるクレオスに対し、女性たちは驚いた表情を浮かべたのち、何人かは泣き出してしまった。

そして、マリもまた、涙ぐみつつも答える。

「あ、ありがとうございます……皆がこの国出身というわけではないので、少し話し合い、決めさせていただければと思います」

「……ああ。今日は疲れただろう。ここでゆっくり休んでいきなさい」

クレオスにそう言われ、恐縮するマリたちだったが、クレオスは強引に勧め、最終的には全員、しばらくの間、領主館でお世話になることになった。

使用人に案内されつつ、去っていくマリたちを見送るクレオス。

「彼女らの出身がレディオン帝国だけではないということは、おそらく転移魔法を使って他国でも盗賊行為を行っていたのだろう。転移魔法を使える者など、そう多くはないが、まさか盗賊にそんなヤツが存在するとは……」

マリたちの話を改めて思い返し、苦い表情を浮かべるクレオス。

すると、すぐさま真剣な表情を浮かべた。

「こうしてはいられん。まずは国に報告し、調べてもらわねば……」

クレオスも魔人会のことは知っていたものの、この段階では魔人会が復活しているとは微塵も思ってもいなかったため、そのことに考えが及ばなかった。

とはいえ、この問題を一人では手に負えないと判断したクレオスは、すぐさま動き出し、国へ連絡するための準備を始める。

――――こうして、着実に魔人会の存在は外に漏れつつあるのだった。

第三章
帝都

師匠の決定により、レジーナさんと行動することになった俺は、さっそく帝都を案内してもらうことになった。

というのも、このまま師匠の家で過ごすわけにはいかないため、宿をとる必要があったからだ。

幸い、師匠の殺気で監視者たちは遠くに逃げていたため、監視者たちの視線を気にすることなく師匠の家から出て、帝都に入ることができた。

そして……。

「おお」

俺は帝都の人の多さに圧倒されていた。

ここって、こんなに人が多かったのか……。

それに、よく見てみるとクレットと街の雰囲気もだいぶ違う。

例えば、クレットは周りに海がないため、街中で魚介類を見ることはあまりない。

そのため、出店なども肉類が中心となっていた。

だがこの帝都では、魚介類を使った料理が多く見受けられる。

もちろん帝都も海からは距離があるものの、クレットよりも海産物の流通が盛んだからだ。

そこはやはり、街の大きさが大きく関係しているのだろう。

すると、そんな俺を見て、レジーナさんが怪訝そうな表情を浮かべる。

「なんだ？　クルール様の弟子なら、少しはここで過ごしたんじゃないのか？」

「い、いや、そうですけど、久々だったので……」

レジーナさんの言う通り、【黒帝】の時はこの帝都で活動していた。

だが、当時の俺は街に一切興味はなく、この人の多さを見ても何も感じなかったのだ。

「ふぅん……まあいいや。そういえば、あんたは何の用でここに来たんだ？　クルール様の話じゃ、今はリレイト王国で活動してるんだろ？」

「あ、えっと……久々に師匠に会いたいなと思いまして。顔を見せるついでに、観光できたらなぁと」

「観光？　……なんつーか、ますますあの人の弟子っぽくないな」

「そ、そうですかね？」

「ああ。なんせクルール様といえば、当時最強と言われた元0級冒険者なんだぞ？　そんな人の弟子なんだから、それこそ【黒帝】様みたいに活躍してると思うじゃないか」

「は、はぁ……」

まあ実際【黒帝】なので、間違っちゃいないんだが……。

するとと、レジーナさんはあることに気付く。

「そういやぁ、お前はどうやってクルール様の家にたどり着いたんだ？　あそこの森はお前の実力じゃとても危険だろ？」

「あ……」

ま、まずい。何も考えてなかった……！

確かに、今の俺はただの8級冒険者だ。

普通に考えて、超危険地帯の【黒森林】で活動できるわけがない。

すると、レジーナさんはどんどん疑念が募ったようで、訝しむような様子を見せる。

「それに、あそこは協会や国の監視が厳しいはず……その監視を掻い潜って、あの家に行くのはまず無理だろ？　アンタ、どうやったんだ？」

一応、俺が【黒帝】とまでは結びついていないようだが、色々おかしな点があるため、レジーナさんは俺が何者なのか見極めようとしてきた。

「あー……その、師匠が途中まで迎えに来てくれたんですよ」

少し苦しい言い訳ではあるが、俺はそう伝えると、レジーナさんは目を見開いた。

「え？　クルール様が？」

「はい。それに監視の目も、師匠が追い払ってくれたので……」

俺の言葉を聞き、レジーナさんは何かを思い出したように呟く。

「そういえば、アタシが行った時、周りに監視の気配はなかったな……」

どこか引っかかるものは感じつつも、レジーナさんはひとまず納得してくれた。

「まあそんなこともあるか……しかし、あのクルール様がねぇ……」

「そういえば、レジーナさんと師匠はどういう関係で？」

せっかくなので、レジーナさんにそう訊くと、あっさりと教えてくれた。

「あー……アタシもクルール様に色々教えてもらったんだよ。つまり、アンタと同じで弟子ってわけだ」

「え、そうなんですか⁉」

予想外の言葉に驚く中、レジーナさんは頷く。

「ああ。まあアンタとクルール様の話を聞いた感じ、アンタの方が弟子になったのは早そうだが……だから、そんな畏まった口調じゃなくていい」

「は、はあ……分かった」

「よし。んで話の続きだが……数年前、【黒帝】様に命を救われ、その姿に憧れたアタシは、クルール様の下に向かい、弟子にしてもらったのさ。それからいつか【黒帝】様と一緒に依頼を受けるため、頑張ってきたのに……」

「……」

……どうやらレジーナは、俺が【黒帝】として活動中に師匠の下で教えを受けていたようだ。

確かに【黒帝】の時は、俺は師匠とは顔を合わせることも少なくなっていた。

というのも、その頃は師匠は世界各国から依頼を任され、あちこち飛び回っていたからだ。

それに俺も、貴族や王族の依頼をたくさん受け、師匠とは必然的に距離が離れていたわけである。

そんな中、師匠はレジーナを弟子にしたのだろう。

それにしても……。

「その、【黒帝】に救われたってのは……」

「ああ……知らねぇか？　ミューラン公国の悲劇を……」

「ミューラン公国……あ！」

俺はその言葉で、一つの事件を思い出した。

「その様子じゃ知ってるみたいだな。そう、たった一夜にして国を滅ぼした、大災厄……【不死王】襲撃の生き残りさ」

――不死王。

その名の通り、アンデッド系の魔物のトップに君臨する魔物で、その実力は1級。

通常の攻撃では倒すことは不可能で、光属性が必須の相手だった。

しかも、この不死王は他のアンデッド系の魔物を従える特徴があり、配下の魔物たちは通常のアンデッドに比べ、光属性に対する耐性が上がるため、生半可な光属性の攻撃では倒すことができなくなるのだ。

ただ、いくら不死王が強力とはいえ、実力は1級程度。

1級の魔物はそれこそ簡単に街を一つ滅ぼせる力はあるものの、国を亡ぼすとなると話は変わってくる。

まず、1級なら同じく1級の冒険者で対処可能だし、0級を投入すれば、簡単にけりはつくだろう。

何より小国とはいえ、ミューラン公国の騎士団は決して弱いわけではなく、大きな犠牲は出るだろうが、対処可能なはずだった。

――――しかし、ミューラン公国を襲った不死王は、通常とは大きく異なっていた。

なんと、本来一体で軍勢を率いるはずの不死王が……五体も同時に出現したのだ。

その五体はそれぞれ万を超えるアンデッドを率いて、ミューラン公国を一夜にして亡ぼしてしまう。

その結果、事態の緊急性が高いと判断した協会により、俺が投入されたというわけだ。

……思い返せば、あの時は悲惨だった。

まず普通の魔物に殺されるのとは異なり、不死王に殺されれば、そのままヤツらの軍勢に取り込まれ、新たな戦力として人類に襲い掛かるのだ。

よって、俺がたどり着いた頃には大勢の命は失われ、不死王の軍勢となり、かつての同胞に殺されるというまさに地獄のような光景が広がっていたのである。

何とか俺一人で抑え込めたものの、あの光景は二度と見たくはないな。

当時を思い返し、つい顔を顰めていると、レジーナは寂し気に笑う。

「アタシは何とか生き残ることはできたけど……あの件でアタシの家族は死んだ。だからアタシは、二度とアタシと同じような思いをする人を出さないために、冒険者になったんだよ」

「……そうか」

彼女もまたアリアと同じように、魔物による被害を減らすため、冒険者になったわけだ。

少ししんみりした状態で歩いていると、レジーナが立ち止まる。

「着いたよ」

「ここが……」

レジーナに連れてこられたのは、【竜の爪】という名前の宿屋だった。

【竜の爪】は大通りに面しており、移動するのに便利な最高の立地と言える。

そのうえ、宿自体も非常に大きく、中々高級そうだ。

すると、レジーナは俺の方に視線を向けた。

「さて、当然アンタの手持ちじゃ泊まれないだろうから、アタシが出すよ」

「いいのか？」

「アンタのことをクルール様に頼まれたわけだし、気にすんな。それに、アタシは稼いでるからな」

確かに上級冒険者ともなれば、大体の宿は特に苦もなく泊まれるだろう。

もちろん、俺も払うことは可能だが、ここでそれをしてしまうとレジーナに怪しまれるため、大人しく言葉に甘えることにした。

こうして宿を確保した俺だが、レジーナが口を開く。

「さて、これからどうする？　まだ時間はあるけど……」

「そうだな……せっかくだから、帝都の名物を食べたい」

「……本当に観光しに来たんだな」

俺の言葉にレジーナは呆れた様子を見せた。

「まあいい。それなら、案内してやるよ。ついてきな」

レジーナに連れられる形で街に繰り出すと、彼女はどんどん先に進んでいく。

すると、周囲の視線がレジーナに向いていることに気付いた。

「おい、あれ……」

「ああ、【瞬雷】だな。長い間見てなかったが、依頼を終えて帰ってきたってのは本当だったか……」

「確か……四年かかったんだったか？　すげえよなぁ、あの若さで1級なんて……」

「【黒帝】に続く有望株って話じゃないか」

「それじゃあ、あの後ろにいる男は？」

「さぁ……見ない顔だが、あの様子を見る限り知り合いなんじゃないか？」

「【瞬雷】の知り合いってことは、アイツも上級冒険者なのかな？」

「それは分からないが……なんにせよ、普通じゃないだろう」

……なるほど。レジーナは【瞬雷】と呼ばれているのか……。

俺の【黒帝】もそうだが、この異名は俺たちが好き好んで付けるものではない。

いつの間にか自然とそう呼ばれるようになり、定着していくのだ。

とはいえ、誰もが異名を与えられるわけじゃなく、中級冒険者の中でも上位層あたりから、付けられるようになる。

そういう意味では、世間に定着していないにしろ、クレットで【雑用係】の異名を手にした俺は、中々異質な存在と言えるだろう。

なんにせよ、レジーナの若さで1級冒険者になるのは珍しく、注目されているようだ。

……そのおかげで、俺にまで注目が集まり、妙な誤解を生んでいるが……。

まあ【雑用係】である俺は、ある意味普通じゃないか。

すると、俺と同じように周囲の視線に気付いたレジーナが眉を顰める。

「チッ……鬱陶しいな」

「そうか？ みんな、レジーナを尊敬してるようだが……」

「別に注目されることが悪いとは思っちゃいねぇよ。ただ、アタシは【黒帝】様に追いつきたい一心で活動してただけで、注目されるようなことは何もない。だから、戸惑ってるだけだ」

「なるほど……」

「それよりも、着いたぜ」

「おお！」

案内されたのは、大通りから少し外れた位置でやっている屋台だった。

そこでは何やら薄い肉で包み込んだものを焼いており、辺り一面にいい匂いが漂っている。

そのため、少し外れた場所にあるにもかかわらず、かなりの客が並んでいた。

俺たちもその列に並び、順番を待つ。

その間、レジーナが料理の説明をしてくれた。

「ここは帝都の名物、【羽衣包み】を売ってる屋台の一つだ。この帝都周辺にしか生息していない【フェザーバイソン】の薄切り肉で、色んな野菜を包んだ料理だよ」

「フェザーバイソン？」

聞き馴染みのない魔物の名前に首を傾げると、レジーナが呆れた表情を浮かべた。

「おいおい、フェザーバイソンを知らねぇのか？　８級の魔物だぞ？　それこそクルール様のとこで修行する際、狩ったりしなかったか？」

「あー……そんなこともあったような、なかったような……」

……正直な話、見たことも戦ったこともなかった。

というのも、修行は基本的に師匠と一対一で、魔物を相手にする頃にはすでに冒険者として活動を始めており、しかも、その冒険者活動も師匠の力で中級冒険者くらいからスタートしたのだ。

おそらくフェザーバイソンは下級冒険者の割のいい討伐依頼対象なんだろうが、俺はそれらをすっ飛ばし、いきなり中級依頼の魔物と相手をしてきたため、見たことがなかった。

それに、当時は魔法で空を飛んだりしていたし、なおさら遭遇する確率は低いだろう。

そんなこんなで順番を待っていると、ついに俺たちの番になる。

すると、店主のおじさんが、レジーナに気付いた。

「ん？　おお、レジーナじゃねぇか！　元気だったか？」

「おやじこそ、元気にしてたか？」

レジーナの問いかけに、おじさんは元気よく答える。

「当たり前よ！　見ての通り、商売繁盛してるぜ！　それよりも、お前が帰ってきたってことは……無事、依頼は達成できたみたいだな」

「ああ。死ぬほど大変だったけどよ」

「そういえば、何の依頼を受けてたんだ？」

つい気になったため、二人の会話に入ると、おじさんが俺に視線を向ける。

「ん？　こいつは……」

「ああ、実は今、こいつをクルール様から預かってんだ」

「クルール様から⁉　ってことは、アンタもクルール様の弟子か何かかい？」

「まあ……ただ、レジーナと違って、俺は細々と活動してますけどね」

俺がそう答えると、おじさんは軽く目を見開く。

「そうなのか？　クルール様の弟子っていやぁ、【黒帝】を始め、色んなところで活躍してるみたいだが……」

……あれ？　そうなのか？

というより、師匠はそんなに多くの弟子を取ってたのか？

正直、師匠と暮らし始めた頃の記憶は、ほとんど残っていない。

気付いた時には、師匠といたのだ。

そして、俺の記憶の中では、俺と師匠は二人で暮らしていた。

つまり、他の弟子たちもまた、俺が【黒帝】として活動していた頃、師匠が育てていたのかもしれない。

すると、そんな俺の様子に気付いたレジーナが、教えてくれた。

「なんだ、本当に知らねぇのか？　クルール様といやぁ、色んな訳ありの子供を引き取って、育ててたんだぞ？　まあその最初の弟子が、【黒帝】様なわけだが」

「な、なるほど……」

……やはり俺が最初で間違いないようだ。

ただ、そんな俺がどこで師匠と出会ったのか、まるで覚えていないなんて……。

今までは気にしていなかったが、妙に気になる。

というより、【黒帝】を辞めてから、そういうことが増えたような気がした。

こう、今まで気にならなかったことが気になりだすというか、意識するようになったというか……。

なんにせよ、悪い傾向ではないはずだ。

それにしても……訳あり、か。

そう言われて真っ先に浮かんだのは、魔人会に攫われていた子供たち。

師匠は魔人会を殲滅したと言っていたし、もしかすると、魔人会に攫われた子供を引き取っては、育てていたのかもしれないな。

だとすると、俺はいったい……。

思わず思考の海に沈んでいると、レジーナが注文を終え、料理を受け取っていた。

「何ぼさっとしてんだ？　ほら、これが羽衣包みだよ」

「え？　あ、ああ、すまない。お金を……」

「いいって。アタシが面倒を見ている間は、金に関しては気にすんな」

「兄ちゃん、レジーナは1級冒険者として稼いでるんだし、言葉に甘えとけよ」

「……分かった」

宿はともかく、ここくらいは金を払おうと思っていたのだが、おじさんにまでそう言われてしまった以上、大人しく引き下がるしかない。

こうして料理を奢ってもらった俺は、そのまま料理を受け取り、屋台から少し離れた位置に移動する。

そして、改めて目の前の料理に目を向けた。

羽衣包みと名の付く通り、薄いフェザーバイソンの肉が、まるで親鳥が雛を自身の翼で覆いかぶさっているかのように、野菜を包み込んでいる。

大きさも拳くらいで、食べやすそうだ。

俺はさっそく羽衣包みにかぶりつく。

すると次の瞬間、俺の口内に肉汁が一気にあふれ出した！

あれだけ薄い肉であれば、そこまで肉汁は感じられないと思っていたのだが……そんなことはない。

そのうえ、肉に包まれていた野菜と、特製のタレがうまく混ざり合い、とても美味しい。

「これは……美味しいな」

「だろ？　他の羽衣包みも食ったが、ここが一番なんだよ」

俺の言葉に、レジーナは嬉しそうに笑った。

……こんなに美味しいものがあったというのに、昔の俺は……。

考えれば考えるほど、無駄な時間を過ごしたものだ。

……いや、過去を気にしても仕方がない。

今の俺は自由なんだし、これから楽しめばいいだろう。

そんなことを考えながら食事を続けていると、不意にレジーナが口を開く。

「そういや、さっきは答えそびれたが……アタシが受けてたのは、【天雷山】にいる聖雷獣の討伐だ」

「なるほど」

聖雷獣といえば、1級の中でも特に危険な魔物だ。

特殊な雷を操るうえに、体は常に帯電しているため、近づくのが非常に難しい。

1級の冒険者たちがパーティーを組み、それぞれが役割分担をこなすことで、ようやく倒せる相手と言えるだろう。

「話を聞く限り、だいぶ時間がかかったみたいだが……」

「まあな。なんせ、アタシ一人だったし」

「それは……」

……なんとなくそんな気はしていたが、中々無謀なことをするな。

とはいえ、こうして生きて帰ってきたということは、レジーナはそれだけの実力があるというわけだ。

事実、彼女の魔力量は非常に多く、1級の中でも上位層に位置するだろう。

「パーティーを組もうとは思わなかったのか？」

「んー……ないわけじゃないが、アタシはクルール様のおかげもあって、だいぶ早い段階で1級になれたんだ。しかも、たった一人でね。そのせいか、中々アタシの眼鏡にかなう相手がいなくてよ。それに、アタシのような若いヤツが1級ってことが気に入らないってヤツもいてな」

「……」

確かに、話を聞く限り、レジーナについてこれる相手を探すのは大変だろう。

そもそも上級冒険者は、昔ながらのパーティーを組んでるのがほとんどだ。

それならばレジーナが下の階級の冒険者を誘うという手もあるが、そうなるとレジーナとの実力の差が大きく出てしまう。

そして何より……若くて才能のあるレジーナに嫉妬している連中がいるのも事実だ。

かくいう俺も、最初の頃は色々ちょっかいをかけられた……はず。

まああんまり覚えていないんだが、特に俺は師匠のおかげで中級冒険者からのスタートをしたこともあり、生意気なヤツとして認識されてたわけだ。

「ま、あんまり気にしてないんだけどよ。ってのも、アタシが憧れてる【黒帝】様なんて、まさに一人で0級に上り詰めたわけだろ？　だからアタシも、【黒帝】様に並ぶため、一人で頑張るだけさ」

そう語るレジーナには、悲壮感はまるでなかった。

そんなこんなで食事を終えると、不意にレジーナが口を開く。

「さてと……食事はこれくらいにして、せっかくアンタを任されたんだし、依頼の面倒も見てやるよ」

「え？」

思いもよらない言葉に驚く中、レジーナは続ける。

「だってアンタ、まだ8級なんだろ？　アタシが昇級できるよう、手伝ってやるよ」

「いや、結構だ」

俺はハッキリとそう告げると、レジーナはきょとんとした表情を浮かべる。

「は？　いや、なんでだ？　このアタシが面倒みてやるって言ってんだぞ？　アタシと一緒なら、すぐに昇格できるはずだ」

「確かに他の者なら、魅力的な話だろうな。だが俺は、今のランクで満足している」

「満足って……それじゃあ、普段は何の依頼を受けてんだ？」

「薬草採取だな」

俺がそう答えると、レジーナは目を見開いた。

「はあ⁉　薬草採取ぅ⁉　アンタそれ、雑用依頼じゃねぇか！　討伐依頼は⁉」

「一度も受けてない」

「嘘だろ⁉」

信じられないといった様子で叫ぶレジーナ。

「おま……クルール様の弟子だろ⁉」

「ああ」

「それが薬草採取って……」

やはりというか、レジーナの反応を見る限り、この帝都でも薬草採取などの雑用依頼は人気がないようだ。

だが……。

「生憎、俺は今の生活に満足している」

【黒帝】時代に稼いだ金がたくさんあるとはいえ、もし仮に一文無しであったとしても、俺は雑用依頼を受けるだろう。

正直、その日生きていけるだけ稼げればいいからな。

「それに、こんなに大きな街の雑用依頼は興味がある」

クレット周辺の環境ともまた違うため、当然依頼に出ている薬草も変わっているだろう。

それに、街で必要とされてる依頼も、クレットとは変わるはずだ。

「ともかく、依頼を受けること自体は賛成だ」

「……なんだかよく分かんねぇが、ひとまず協会に行くか」

どこか納得のいかない様子のレジーナと共に、俺は協会に向かう。

するとそこは、クレットにある協会とは比べ物にならない、巨大な建物が建っていた。

それに、出入りをしている冒険者のランクも、こちらの方が遥かに高く、1級程度の実力者がちらほら確認できる。

……久々に来たな。

昔は意識していなかったが、こんな建物だったか……。

それよりも、ここに来た以上、気を付けなければいけない。

というのも、この協会には、【黒帝】時代の俺の魔力が記録されている。

つまり、ここで魔力を使えば、俺のことがバレてしまうのだ。

正直、身を隠している以上、こんな危ない橋を渡る必要はないのだが、レジーナと行動する以上、避けては通れないだろう。

何より、帝都の雑用依頼には興味があるからな。

そんなわけで中に足を踏み入れると、周囲の視線がレジーナに向く。

「【瞬雷】だ……」

「聖雷獣を倒したんだって？　いよいよ0級に近づいたんじゃねぇか？」

「若くて才能があるなんて羨ましい限りだぜ」

「それよりも、やっぱ美人だよなぁ……パーティーに入れてくんねぇかな？」

「やめとけ。アイツ、誰ともパーティーを組まないらしいぞ」

「なら、後ろの男は？」

「さあ？　新入りじゃね？」

レジーナに向けられる視線のほとんどは好意的なものが多いものの、それらはすべて下級から中級冒険者のものであり、憧れによるものだった。

それに対して、時折見かける実力者は、レジーナに対して嫉妬心や敵対心を向けていた。

しかし、そんな視線をものともせず、掲示板にたどり着く。

するとそこには、クレットとは比べ物にならない、巨大な掲示板があった。

「おお……」

掲示板を見た俺は、思わず感嘆の声を上げる。

というのも、【黒帝】時代は、ほとんどが指名依頼だったため、掲示板を利用したことはほとんどなかったからだ。

　他にも、協会から勧められたりしたものを優先的にこなしていた。

　そのため、こうしてまじまじと眺めるのは初めてだったりする。

「どうだ？　クレットと比べて」

「……すさまじい依頼の量だな。冒険者も多いはずだが、消費されないのか？」

「ああ。ここは物流も盛んだし、魔物の素材なんかはいくらあっても足りねぇからな」

「なるほど……」

　確かに、狩っても狩っても、必要とするところがどこかしらにあるのだろう。

　だが、それ以上に気になるのは、掲示板に張り出される雑用依頼の数だった。

「こんなに余ってるのか」

「本当に雑用依頼を見てんのか……」

「まあな」

「本当にやる気か？　見て分かる通り、人気がねぇからこんなに余ってるんだぞ？」

　暗に他のにしろと告げるレジーナ。

　だが、俺の意思は変わらない。

「誰もやらないのだろう？　ならば、誰かがやらないとな」

「そりゃそうかもしれねぇが……別に必須ってわけじゃねぇ」

「そうかもな。とはいえ、せっかくなんだ。レジーナも一緒に受けよう」

俺がそう提案すると、レジーナは目を見開いた。

「はあ⁉ なんでアタシが⁉」

「ん？ 俺の面倒を見てくれるのだろう？」

「いや、確かにそう言ったけども！ でもあれは、討伐依頼の話であって……！」

「まあそう言うな。普段受けないんだし、俺といる時くらいはいいだろう？」

「……はぁ。好きにしろよ」

これ以上の問答が面倒になったのか、レジーナは渋々受け入れてくれた。

まあ師匠から頼まれたから、付き合ってくれるだけだろうがな。

そうと決まれば、何の依頼を受けるかだ。

俺はざっと依頼を眺めると、一つの依頼に目が留まる。

「よし、これにしよう」

すると、俺が手にした依頼を目にしたレジーナが、一気に目を見開く。

「おまっ……正気か⁉」

「何がだ？」

「その依頼だよ！」

レジーナが声を荒らげる依頼内容だが、なんてことはない、とある家の庭の草抜きだった。

「何かおかしいか？」

「おかしいだろ⁉　冷静に考えろ！　アタシは１級冒険者だぞ⁉」

「だから？」

「だあああ！　話が通じねぇ！」

全く、おかしなことを口にするな。

草抜きをするのに、１級も０級もないだろうに……。

ただ、依頼の紙は変色しており、おそらく長い間放置されていたのだろう。

確かに報酬もそこまで高いわけじゃなく、家の規模が分からないが、ある程度時間も拘束される。

そのため、この依頼は雑用の中でも不人気なのだろう。

頭を抱えるレジーナをよそに、俺はさっさと依頼を受け付けに持っていった。

ちなみに受付時に使うあの不思議な箱だが、プレートを取り込み、依頼の受注を記録するものの、プレートに込められた魔力を読み取る機能はない。

そのため、この段階では俺が【黒帝】とバレる心配はないわけだ。

もしバレるとすれば、このプレートを魔力を読み取る装置に取り込まれた時だろう。

とはいえ、その装置は冒険者が犯罪を犯したりなど、冒険者側に非がある時にしか使われないため、気にする必要はない。

そんなこんなで無事に依頼の手続きを終えた俺たちは、依頼主の下に向かうのだった。

＊＊＊

「どうしてアタシが草抜きなんて……」

無事、依頼人の下にたどり着いた俺たちは、さっそく庭の草抜きを開始した。

依頼人はご高齢の女性で、街の中心地から少し離れたところにある小さな一軒家だった。

そんな家の庭には花壇があるのだが、そこに咲く花を飲み込む勢いで雑草が生えている。

花はよく咲いていることから、水やりなどの花の手入れはしているのだろうが、年齢のせいか、雑草には手が回らないようだった。

だからこそ協会に依頼が張り出され、俺たちがやって来たわけである。

「絶対おかしいだろ……【瞬雷】とまで呼ばれたこのアタシが……」

「口はいいから手を動かす」

「分かってるよ！」

ぶつぶつ文句を垂れるレジーナに注意をしつつ、俺は雑草を抜き続けた。

その際、花を抜いてしまわないように注意し、雑草は根からしっかり抜き取っていく。

こうして二人で協力しながら草を抜いていくと、ずいぶんと時間がかかった。

ただ、小さい庭とはいえ、一人でやっていたらもっと時間がかかっていただろう。

「だああ！　ようやく終わったぁ！」

すると、草抜きを終えた瞬間、レジーナはその場に倒れこんだ。

「どうだった？」

「どうもこうもあるか！　普通に戦闘するより疲れたわ！」

「そうか？」

「長時間屈んだ状態なんだぞ⁉　これなら聖雷獣と戦ってた方が……いや、あれもあれで面倒だし……」

草抜きが1級の魔物と同等って。

まあでも、大変なのは確かだ。

もちろん適当にすればもっと早く終わるが、そんなことをするつもりは毛頭ない。

依頼を受けた以上、しっかりやらないとな。

　すると、今回の依頼人であるおばあさんが話しかけてきた。

「こんなに綺麗にしてくれて……疲れたでしょう？」

「いえ、大丈夫です」

「アタシは疲れたよ……」

　……レジーナはよほど疲れたみたいだな。

　まあ普段しない動きだったわけだし、仕方がない。

　そんなことを考えていると、おばあさんは綺麗になった庭を見つめる。

「……ここは亡くなった主人が大切にしていた庭でねぇ。主人が生きていた頃は、一緒に花壇で花を育ててたのよ。でも、主人も亡くなって……何とか花の手入れだけは欠かさずにしていたけど、もう歳だから、草抜きができなくてねぇ……。何とかしようと協会にお願いしたけど、冒険者の皆さんは忙しいでしょう？　だから、中々依頼を受けてもらえなかったのよ」

「あ……」

　おばあさんの話に、レジーナは微かに目を見開く。

「でも、今日、貴方たちがこうして庭を綺麗にしてくれた。おかげでまた、主人の大切にした庭を見ることができたわ。本当にありがとうね」

おばあさんはそう感謝を口にすると、優しく微笑むのだった。

こうして無事、依頼を終えた俺たちは、達成報告のため、協会に向かう。

すると、依頼が終わってからしばらくの間黙っていたレジーナが、口を開いた。

「なあ」

「なんだ？」

「お前は……ブランは、いつもこんなことをしてんのか？」

「まあな」

「……どうして？」

「そうだな……誰かの役に立ってると、実感できるからかな」

「誰かの役に？」

俺の言葉を繰り返すレジーナ。

「そうだ。別に感謝してほしくてやっているわけじゃないが……どうせ働くのなら、誰かのために働きたい。もちろん、冒険者は魔物と戦うことで、十分役に立っていることも分かっている。だが、今日の依頼のように、日常の些細なことで困ってる人も確かにいるんだ。そして、それを解決してほしくて、色々な人が協会に依頼を出す。俺はその依頼を受けて、少しでも困

ってることを解決してあげたい……そう考えたんだ」

「……そっか」

レジーナは小さく呟くと、笑みを浮かべる。

「……雑用依頼も、悪くないもんだな」

「だろう？」

お互いに笑い合うと、無事、達成報告を終えるのだった。

＊＊＊

「さて……アイツらはうまくやってるだろうか」

クルールは、小さくそう呟いた。

ブランから魔人会の話を聞いたクルールは、すぐさま行動を始めるべく、ひとまずブランをレジーナに託したのだ。

当然、ブランはクルールを手伝うつもりでいたが、クルールはこの件にブランを巻き込みたくなかった。

「……これ以上、嫌な思いをする必要はないからな」

元々魔人会の実験体として生み出されたブラン。

だが、ブラン本人はそのことを知らないままだった。

それどころか、当時の記憶はほとんどなく、魔人会によって意識を奪われていたブランは、クルールに解放されたことで、徐々に人間らしい感情や記憶を取り戻してきたのだ。

「悲惨な現場を見てしまったようだが……アイツが怒りを覚えてくれてよかった」

そのため、ブランから怒りの感情が湧いた話を聞いた時、クルールは嬉しかった。

時間はかかったが、順調にブランは人間らしさを取り戻している。

だからこそ、ブランが人間性を失った原因である、魔人会と接触させるわけにはいかない。

もちろん、クルールの手で徹底的に鍛えた以上、ブランが魔人会ごときにやられるとは思っていない。

だが、魔人会のことをよく知るクルールは、魔人会が卑劣な手を使い、再びブランを危険にさらす可能性を危惧したのだ。

それに……。

「自由を謳歌するアイツを、邪魔するわけにはいかない」

今まで奴隷のように殺戮兵器として動いてきたブランだからこそ、今の自由をクルールは守る必要があった。

そのためにブランをレジーナに託したわけだが、もう一つ理由がある。

「私が言えたことではないが、二人とも人付き合いは苦手だからな……」

そう、クルールが二人で行動させたのは、二人に仲間というものを教えるためだった。

片や最強の0級冒険者として活動してきたブラン。

片やすさまじい速度で1級冒険者に上り詰めたレジーナ。

二人ともパーティーを組んだ経験はなく、その上、友人も存在しない。

そんな似た者同士の二人の師匠だからこそ、これを機に二人の間に仲間意識が芽生えればと思っていたのだ。

「……私には仲間らしい仲間はできなかったからな。これから二人が交友関係を増やすきっかけになることを祈ろう」

クルールはそう呟くと、魔人会の痕跡を探すべく、動き始めるのだった。

＊＊＊

――時は少し遡り、ブランが帝都に到着した頃。

ブランが壊滅させた【ビアルド山脈】の研究施設に、一つの影があった。

全身半透明な人型の魔族……ゲリューザは、目の前の光景に呆然と呟く。

「一体、何があったというんだ……！」

ここはゲリューザが管理する研究施設の一つで、盗賊を利用して手に入れた子供を使い、実験を行っていた場所だった。

そんな研究施設に、実験の様子を確認するために訪れた結果、ゲリューザは盗賊たちの屍と、滅茶苦茶に壊された研究施設を目にすることになったのだ。

「実験体どもは⁉」

ゲリューザは慌てて実験室に向かうも、そこはすでにもぬけの殻。

あれだけ大量に用意していた実験体が、一つも残っていなかった。

「馬鹿な……馬鹿な馬鹿な馬鹿な……！　この状況は何なんだ⁉」

殺気を迸らせ、叫ぶゲリューザ。

その殺気は、施設を覆う結界魔法を超え、周囲の魔物たちに伝わる。

殺気を受けた魔物たちは、突然の事態に驚きつつ、逃げ惑った。

「――なんだ、これは」

「一体誰が、我の施設を荒らした⁉」

ゲリューザの施設だけでなく、世界各地に広がる魔人会の施設では、一つの研究を続けていた。

――それは、新種族の誕生。

その実験は非常に単純で、魔物や魔族に流れる血を、人間の子供に流し込むというものだった。

まだ体が出来上がる前の子供は、魔物や魔族の血液に体を適応する確率が高く、逆に大人に流し込めば、一瞬で猛毒となり、死に至る。

そのため、魔人会は各地で子供を攫い、実験体にしてきたのだ。

そんな研究を長年続けてきた魔人会だったが、ある出来事で研究が飛躍することに。

――それは、【第六の魔王】の心臓の発見。

かつて世界を恐怖させた最強の【第六の魔王】の心臓を、魔人会が発見してしまったのだ。

その結果、６号……ブランは見事に心臓に適合する。

こうして、新種族への足掛かりを得た魔人会だったが、最終的にはクルールたちに滅ぼされ、研究資料の多くを失ってしまった。

それから再び世間から隠れ、魔人会は実験を続けてきたのである。

そして、消えた実験体たちは貴重な資源であり、あと少しで実験の結果が出るところだったのだ。

だが、実験体が一斉に消えたことで、すべてが無に還ってしまった。

「くぅぅう！　この結果さえ出れば、また新種族の誕生に近づけたというのに……！」

怒りと悔しさに震えるゲリューザだったが、やがて息を整え、感情を落ち着かせる。

「ふぅ……ここが破壊されてしまったのは仕方がない。そう簡単に解除できる結界魔法ではないはずだが……魔法に長けた者がいたのか？　その割には、盗賊どもの死体には魔法の痕跡はないが……」

結界魔法を解除するには、魔力を流し込む必要がある。

しかし、ただ流し込めばいいというわけではなく、魔法の構成をしっかり把握したうえで、適切な量や場所に流さなければいけなかった。

そういう意味では、この場所を見つけ出した者は魔法に長けた存在ということになる。

「……結界魔法の解除に使った魔力は、痕跡が残らない。もし、一度でも魔法を使っていれば、何かしら手がかりがあるはずだが……」

ゲリューザはそう口にしながら念入りに魔力の痕跡を探るものの、結局、何も見つけることができなかった。

「……ひとまずここは破棄だ。急いで支部に戻り、結界や警備を見直すとしよう。アランに頼めば、より強力な結界魔法を用意してくれるはずだ」

そしてそう呟くと、ゲリューザはその場から消えるのだった。

断章

——ブランがレディオン帝国に向かっている頃。

「これが、ヒリア草ですよ」

順調に依頼を達成し、8級に昇格したアリアが、二つに枝分かれした葉が特徴のヒリア草を指示した。

そんなアリアの話を聞いているのは、赤髪のショートヘアが特徴的な少女。

その少女は、アリアの話を真剣に聞いていた。

「なるほど、これが……」

「知らなければ見逃してしまいがちですけど、こうして見ると、エリーさんも見たことがあるでしょう?」

「ハイ！　アリアさんの言う通り、結構見かけてた気がします」

エリーと呼ばれた少女は、アリアの言葉に元気よく頷く。

今アリアが行っているのは、新人冒険者への薬草に関する講義だった。

アリア自身もブランから学び、討伐依頼と並行して薬草採取を行うようになったのだ。

その結果、自然と薬草の知識がついたアリアに対し、クレットの冒険者協会は新人の教育として、薬草採取の講義をしてほしいとアリアに依頼したのである。

最初は自分が誰かに物を教えるということに戸惑いはあったものの、ブランから学んだものを後輩に伝えたいと思ったため、引き受けたのだ。

協会側としても、雑用依頼しか受けないブランに頼むより、討伐依頼も定期的に受けるアリアを使う方が、何かと都合がよかった。

もちろん、アリア自身にもメリットがあり、協会に貢献した冒険者として、他に比べてすぐに7級へ昇格できるのだ。

「ちなみにこのヒリア草を採取する際は、根っこから引き抜くのではなく、根本付近をナイフなどで切り取り、採取するのがいいですよ」

「それは何でですか？」

「次に繋げるため、ですね。ヒリア草は結構色んな場所でみかけるように、繁殖力が強い薬草です。ですが、群生地なんかは中々見つけられないので、根っこから抜いてしまうと、そこから生えてこなくなる可能性があるんですよ」

「つまり、根っこを残して、次の採取に備えるってことか……」

アリアの言葉を必死に覚えようとするエリー。

「（私も、最初はこんな感じでブランさんの言葉を聞き逃さないように頑張ってたなぁ……）」

エリーの姿に以前のアリア自身を重ねながら、アリアは続けた。

「あとは持ち帰るまでの保管方法ですが、切り取った茎の部分を濡れた布などで包むことで、鮮度が保ちやすくなりますよ。ただ、これはあくまで比較的街に近い距離での採取だった時の話で、何日も持ち運ぶようであれば、別の保管方法が必要になります」

「別の？」

「はい。私が聞いた方法だと、水属性魔法で茎を水にさらす方法です。こうすることで、より長時間、薬草の鮮度が保てるんですよ」

「なるほど！」

「とはいえ、ヒリア草はそれこそあちこちに生えてるので、この方法をヒリア草に使うことは稀でしょうけどね」

「あははは……確かに」

エリーはアリアの言葉を聞いて笑った。

「ちなみに先ほど紹介した採取方法と保管方法は、大体の薬草にも使えるので、覚えておいてくださいね」

「はい！」

このように、アリアはエリーに対し、一つ一つ丁寧に自分の学んだ知識を教えていく。

そして、クレット周辺の薬草をあらかた教えると、次の段階に進むことにした。

「さて、ある程度薬草については教えられたかと思います。そこで最後に、少しだけ足を延ばして、【魔の森】に行ってみようと思います」

「あ、あの、大丈夫ですかね？」

アリアの言葉に、エリーは不安そうな表情を浮かべる。

すると、アリアは安心させるように微笑んだ。

「確かに、この間は【魔の森】で異変がありました。ですが、その異変はもう無くなったということで、今は普通に森へ入ることが許可されてます。それに、今から向かう場所は【魔の森】の中でも浅い場所で、そこにはよく依頼として出されている【オレムの実】が生ってるんですよ」

こうして、エリーはアリアに先導されながら、初めて【魔の森】に足を踏み入れることに。

すると、今まで感じたことのない気配に、少し驚いていた。

「な、なんと言いますか、雰囲気のある森ですね……」

「まあ【第三の魔王】が封印されてると言われてますからね」

「そうなんですか⁉」

「ええ。ですが、確認されたわけではないですし……本当かどうかは分かりませんけどね」

アリアはそう語りながら先に進む。

エリーは魔王が封印されていると聞き、少し怯えながらアリアの背中を追いかけた。

すると……。

「エリーさん、しゃがんでください」

「え？　あ、うわあ⁉」

突然、アリアが後ろを振り返ると、そのままエリーの肩を掴み、無理やりしゃがませた。

それと同時に、アリアは剣を抜き放つと、エリーの背後目掛けて突き出す。

「フッ！」

「シャアア⁉」

「え⁉」

その次の瞬間、エリーの背後から、断末魔が上がった。

エリーは慌てて背後を振り向くと、そこにはアリアの剣で貫かれたフォレスト・スネークの姿が。

「あ……」

「比較的安全とは言え、ここでは街のすぐそばに比べて魔物が出現します。なので、気を付けてくださいね」

「あ、ありがとうございます！」

そして、アリアに助けられたエリーは、勢いよく頭を下げた。

「それにしても、アリアさんって戦闘もすごいんですね！　それに比べて私は、まったく近づいてくる気配を感じ取れなかったし……」

自分の不甲斐なさに落ち込むエリー。

すると、アリアは苦笑いを浮かべた。

「慣れですよ。私も今のエリーさんと同じように、最初はフォレスト・スネークに気付けなくて、襲われたんですから」

「アリアさんが？」

エリーと同年代でありながら、すでに8級に到達しているアリア。

だからこそ、駆け出しのエリーは、アリアがよりすごい存在に見えていたのだ。

「はい。ですが、私も先輩のサポートのおかげで気付けて、倒すことができたんです。なので、エリーさんもこれから努力していけば、きっと強くなれますよ」

「そっかー……そうですよね！　いつか私も、0級冒険者になって、魔王を倒して見せますよ！」

「あははは！　頑張ってください」

――こうしてアリアは、ブランから学んだことをエリーにも伝えていくのだった。

＊＊＊

それはある日の昼下がり。

私……リーナがいつも通り仕事をこなしていると、同じ受付嬢のレナさんが話しかけてきた。

「そう言えば、最近見かけないわね」

「え？」

何のことか分からず首を傾げると、レナさんは続ける。

「ほら、彼よ。【雑用係】の！」

「ああ、ブランさんですか」

すっかり【雑用係】で定着してしまっていることに苦笑いを浮かべながら、私は答えた。

「ブランさんでしたら、少し前に故郷の方に向かわれましたよ」

「そうなの？　ちなみに、故郷はどこ？」

「レディオン帝国らしいです」

「レディオン帝国！」

私の言葉を聞き、レナさんは目を見開いた。

「あの人、そんな大国出身だったのねぇ。それがどうしてウチみたいな小さい国のギルドに来たのかしら？」

「小さいって……」

「だって本当のことじゃない。それよりも、レディオン帝国と言えば、０級冒険者を一番多く抱えてる国だし、何よりギルドの本部はあの国にあるのよ？　何でわざわざこの国で登録したのか、不思議でしょう？」

「言われてみれば……」

レナさんの言う通り、冒険者として登録するなら、わざわざこの国に来る必要はない。

何より、この国に比べて、レディオン帝国の方が安全なのは間違いないだろう。

アリアさんも出身はジェナフ王国だが、【黒龍】襲撃の件で今までのように生活できなくなり、この国にやって来た経緯がある。

しかし、レディオン帝国で暮らしていたなら、そんな危険とは無縁のはずだろう。

だからこそ、あれほど大きな国から出てまで、この国に来るメリットもなかった。

「それに、あの人ってずっと雑用依頼ばかり受けてるじゃない？　それならなおさらこの国より色々な雑用依頼があると思うんだけどねぇ」

「それもそうですね……何か理由があるんでしょうか？」

「さあ？　でも、アレだけ雑用依頼に固執してるってことは、やっぱり何かあるんでしょうね」

確かに、ブランさんの雑用依頼に対する想いはすさまじい。

他の冒険者が早く大金を稼ぐために昇級を急ぐ中、ブランさんだけは雑用依頼のため、昇給を拒絶するのだ。

どう考えても普通じゃない。

「あそこまで徹底的に雑用依頼に執着する人、初めて見ましたよ……」

「私もよ。まあおかげでウチの雑用依頼は片付いて、街の人からの評価もよくなったわけだけど……」

そう、ブランさんが雑用依頼を片付けてくれたおかげで、結果的にギルドは街の人たちから感謝されることが増えたのだ。

それだけ普段から冒険者は雑用依頼に目を向けていないということなのだろう。

……実際、雑用依頼は本当になんてことない雑用ばかりで、報酬金も安く、何かと入用な駆け出し冒険者からすると、あまり嬉しいものではない。

そのため、どこのギルドも雑用依頼は放置されがちなのだ。

だが、街の住民からの依頼である以上、放置され続けるとやはり苦情は来る。

なので、誰もやりたがらない雑用依頼を片付けてくれるのは何だかんだ有難かった。

それに、ブランさんが薬草に関する知識が豊富だと分かり、そこから試験的に駆け出し冒険者への指導をお願いしたのだが……その最初の生徒であるアリアさんは、今では立派な冒険者になり、今度はアリアさんが駆け出し冒険者に教える立場になったのだ。

結果的に、彼のおかげで冒険者としての質も向上したことになる。

「とはいえ、やっぱり向上心がないのはいただけないわよねぇ」

「そうですかね？」

「そうよ！　彼、顔はいいんだけど、やっぱり頼りなさが目立っちゃうし……前にも言ったけど、彼氏に選ぶならもっといい男を狙いなさいよ」

「あははは……」

私はレナさんの言葉に苦笑いし、その場をやり過ごした。

その後も少し雑談した後、レナさんは業務に戻っていく。

「彼氏、かぁ」

恋愛経験のない私には、いまいちピンとこない話だった。

とはいえ、彼氏が欲しくないのかと言われれば、そういうわけでもない。

ただ、今のところそういった縁に恵まれていないだけだ。

受付嬢という仕事柄、出会いは多い方だとは思うが……ほとんどの冒険者はこの街から拠点を移すし、今この街で活動している冒険者のほとんどは、半ば引退気味だったり、簡単な討伐依頼だけで生計を立てているような人がほとんどだった。

そういった人は、だいたい私より年上である。

別に年上が嫌というわけでもないが……何となく歳が近い方がいい気がするのだ。

「……まあ考えたって仕方がないんだけどね」

焦らなくとも、自然と惹かれる人は現れるはずだ。

……もしそうなったら、私はどうなるんだろう？

その人のことで頭がいっぱいになったりするのかな？

ふと、私の脳裏にブランさんの顔が浮かんだ。

だが、私は慌てて首を振り、その考えを消す。

「確かにブランさんは気になるけど……それは雑用依頼ばかりを受けてるからだし、関係ないよね」

誰も聞いていないというのに、まるで言い訳のようにそう口にする私。

「でもブランさん、故郷で何をやってるのかなぁ……」

もしかしたら、故郷のレディオン帝国でも雑用依頼を受けているのかもしれない。

何となく、そんな気がする。

「ふふ……さて、そろそろ仕事に集中しますか！」

私はそう口にすると、改めて業務に戻るのだった。

第四章

不穏

レジーナと行動を共にするようになって三日目。

俺はレジーナに帝都で美味しい料理を教えてもらいつつ、相も変わらず雑用依頼をこなしていた。

ただ、連日雑用を受ける俺を、帝都の冒険者は訝しんではいたものの、俺がリレイト王国で活動していることを知ると、すぐにその興味は消える。

というのも、拠点外の国で活動する際、大体の冒険者はそこまで危険な仕事は引き受けないからだ。

まあ土地勘もないし、何かあったら危ないからな。

今のところ、いつまで滞在するとかは決めていないが、ずっと雑用だけを受け続けていれば、また変に思われるだろう。

そして、そんな俺に付き合う形でレジーナも雑用をこなしているわけだが、そこに関してはやはり協会や冒険者たちから変な目で見られていた。

だが、元々人との付き合いがないレジーナに、面と向かって理由を聞いてくるものはいない。

……それにしても、レジーナも変わった。

最初こそ、雑用依頼をこなすことに否定的だった彼女だが、あの草むしり以降、文句は確実に減った。

減っただけでなくならないのは、まあ雑用に慣れていない以上、仕方がないことだろう。

そんなわけで、今日も今日とて雑用依頼を受けようとしていた時だった。

「なあ、討伐依頼は受けないのか?」

突然、レジーナがそう口にした。

「言っただろう? 俺は雑用依頼が好きだと。それに、雑用依頼の方が、一般人にとって身近な困りごとが多いからな」

……まあ【黒帝】の時に散々やったから、もうやる気がないってのもあるが……。

すると、俺の言葉を聞いたレジーナは反論する。

「確かに、雑用依頼が一般人にとっての困りごとで、それをこなせば皆が助かるのは分かった。だが、討伐依頼にだって、雑用的なものはあるんだぞ?」

「む?」

俺は思ってもいなかった言葉に首を傾げる。

討伐依頼が……雑用的?

確かに、俺が【黒帝】の頃は、貴族や商人どもの雑用的な形で魔物を討伐してきた。

そういう意味では、討伐依頼は雑用的と言える。

だが、おそらくレジーナが言いたいのは違うのだろう。

「それこそ帝都みたいな大都市じゃ実感しにくいが、街から離れた村なんかは、魔物の被害に苦しんでるところもある。だからこそ、冒険者が必要なんだ。でも、そんな小さい村に、冒険者を呼ぶだけの資金的な余裕はない。それでも依頼を出すため、なけなしのお金を使って出された依頼が、いくつもあるんだよ」

「その依頼は……」

「大体は駆け出しの連中がこなしてる。駆け出しの冒険者は依頼を選べないからな。だからこそ、そういう依頼を受けて、実績を稼いだらすぐに昇格していくわけだが……昇格した連中は二度とそんな依頼は受けねぇ。その結果、人手が足りなくて放置されちまうんだよ」

「……」

俺は、小さな村という存在を考えていなかった。

というのも、昔から俺が受けてきた依頼は国や街を脅かすような強大な魔物がほとんどで、村を襲うような魔物は相手にしていないからだ。

……貴族どもの依頼だったとはいえ、強大な魔物を倒すことで、俺は結果的に人々も救えていると考えていた。

しかし、実際の被害はもっと小さなところで起こっており、その小さな問題が、村では死活問題になるのだ。

「小さな村では、雑用依頼より、討伐依頼の方が優先度が高いってわけだな」

今まで意図的に避けていたが……これからは考えを改めないといけない。

「そうか……確かに、レジーナの言う通りだな。場所が変われば、受けてほしい依頼の内容も変わる……俺は街の依頼にだけ固執しすぎていたみたいだ」

「お、それじゃあ……」

何かを期待するように目を輝かせるレジーナ。

そんなレジーナに対し、俺は頷いて見せた。

「ああ。今回はその放置されているという依頼を、受けるとしよう」

俺がそう口にすると、レジーナは手をたたいた。

「そう来なくちゃ！　せっかく冒険者になったんだ、やっぱり魔物と戦ってなんぼだろ！　そんんで、等級を上げて、もっと強力な魔物を――」

「いや、等級はこのままでいい」

「なんでだよ!?」

俺の言葉に、レジーナはすぐさまツッコんだ。

「俺はあくまで人の役に立てればそれでいい。その放置されているという討伐依頼も、報酬金が安いということは、必然的に下級冒険者が対象になるはずだ。ならば、等級を上げる必要はない」

「筋金入りすぎるだろ……」

頑なに昇級を拒否する俺に対し、レジーナは頬をひきつらせた。

「……まあいい。とにかく、討伐依頼に興味が出たんなら、さっそく行くぞ！」

しかしすぐに気を取り直すと、ひとまず俺の気が変わらないうちに、そのまま協会へと先導して進んでいく。

そして、協会の掲示板までたどり着くと、一枚の依頼書を持ってきた。

「ほら、これなんかがまさにそうだな」

「ふむ……」

その依頼を出した場所は、この帝都から約二日ほどの距離にある小さな村。

どうやらスライムやゴブリンといった10級、9級程度の魔物が、村の周辺で多く出現するようになったようだ。

そのため、その討伐を依頼した形になる。

スライムの方はよく分からないが、ゴブリンが増えるというのはあまりいい兆候じゃない。

ゴブリンが増える理由としては、その村の近くでゴブリンが集落を形成している可能性があるからだ。

そして、ゴブリンの集落には必ず上位種が存在し、最悪の場合、6級や5級の種族が誕生している可能性もある。

そうなると、小さな村は一瞬で滅ぼされてしまうだろう。

そして、そんな危険な依頼であるにもかかわらず、報酬金はせいぜい駆け出しの冒険者が少し稼げる程度。

これでは、誰も受けてくれない。

「確かに、これならよさそうだな」

依頼に目を通した俺がそう言うと、レジーナは意外そうな表情を浮かべた。

「ん？　なんだ？」

「いや、てっきりもっと安全な依頼にするのかと思ってよ」

「何故？」

「いくら人のためとはいえ、この依頼は少し危ねぇ。万が一、ゴブリンの上位種と遭遇しちまえば、8級冒険者なんて生きて帰れないだろう。それなのに、お前は大して考えもせず選ぶからさ……」

「ふむ……まあ危険なのは重々承知している。しかし、俺だって師匠から護身程度に戦う術を学んでいるんだ。それに、今回もレジーナが一緒に来るんだろう？　1級冒険者が同行するんだ、怖がる必要はない」

「……アタシを当てにするのはいいけどよ、お前もちゃんと戦えよな」

俺の言葉に対し、レジーナはジトっとした目を向けてきた。

そんなやり取りをしつつ、早速依頼を受け付けてもらう。

最初は受付も俺がこの依頼を受けることに驚いていた。

やはり、報酬金に対して危険度が高いからだ。

だからこそ、本当にこの依頼でいいのかと念押しされたが、レジーナと一緒に受けると言うと、向こうも納得した。

ただ……。

「アイツ、レジーナさんと依頼受けるのか？」

「今度は雑用じゃねぇみたいだが……」

「レジーナも、どうしてあんな訳の分からねぇヤツの手助けをすんのかねぇ」

またも、俺たちは目立ってしまった。

まあ周りから何と思われようが、やることは変わらないがな。

ともかく、無事に受付を終えた俺たちは、早速依頼の村に向かうのだった。

＊＊＊

依頼の村までは、馬車で一日程度の距離で、道中何事もなく到着する。

そして、話を聞くため、早速依頼主である村長宅を訪れた。

「すみません」

ドアをノックすると、しばらくして中から初老の男性が姿を現す。

「どちら様でしょう？」

「ゴブリンやスライムの討伐依頼を受けてきたのですが……」

俺がそう答えると、男性は目を見開いた。

「おお……依頼を受けてくださる方が現れるとは……！　ささ、こちらへどうぞ」

男性に促されるまま部屋に入ると、早速依頼の話に。

そして目の前にいる男性こそが、今回の依頼を出した村長だった。

村長は俺たちにお茶を用意しつつ、申し訳なさそうな表情を浮かべる。

「その……来ていただいてこんなことを言うのもあれですが、本当に受けていただけるのですか？　依頼書にも書いてある通り、我々が出せる報酬金は少ないのですが……」

「はい、ちゃんと納得したうえで来ています。確かに内容的には中級冒険者以上が望ましく、8級である俺だと不安かもしれません。ですが、こちらのレジーナは1級冒険者ですから」

「い、1級⁉」

俺がレジーナを紹介すると、村長はこれでもかというほど目を見開いた。

「そ、そんな……とてもじゃないですが、私たちに1級冒険者様を雇うお金など……！」

「分かってるよ。でも、今のアタシはそこのブランってヤツの面倒を見ててね。ブランがこの依頼を受けると言った以上、アタシも手伝うってわけさ。だから、報酬金は気にしなくてもいい」

「そ、そんな……」

村長は一瞬呆然とした後、急に涙を流し始める。

「ど、どうしました？」

俺が慌ててそう訊くと、村長は涙を拭きながら答えた。

「す、すみません……今、我が村はとても深刻な状態でして……」

「どういうことですか？」

「確か、依頼書にはゴブリンやスライムの目撃情報が増えたって書いてあったが……」

俺たちがそう訊くと、村長は頷く。

「……はい。その依頼書通り、最初はゴブリンやスライムの目撃が増えただけでした。とはいえ、戦う術のない私たちは、ゴブリンたちを見かけては逃げ、何とか過ごしていたんです。しかし最近……村の子供が攫われる事件が発生しました」

「な……」

「それは……盗賊の仕業か？」

レジーナがそう訊くも、村長は首を振る。

「分かりません……ですが、子供だけが次々と攫われ、今この村には、一人も子供が残っていないのです」

「国に連絡は？」

「しました。すぐに騎士が派遣されましたが、周囲にはゴブリンやスライムたち以外には何もおらず……最終的に、ゴブリンたちに攫われたのだと」

「なら、その時にゴブリンの村は壊滅させられたんじゃねぇか？」

レジーナの言う通り、子供が攫われ、その原因がゴブリンたちにあるのなら、派遣された騎士によって、ゴブリンは殲滅させられただろう。

基本的に冒険者が魔物を相手にしているが、国の防衛の要である騎士も、十分強いからな。

　しかし、村長は首を横に振った。

「いいえ。派遣された騎士様の話では、周囲にゴブリンの集落は見当たらなかったとのことです」

「……」

　……妙な話だな。

　ゴブリンが増えたのなら、ほとんどの確率で近くに集落が存在する。

　そして、集落からはぐれたゴブリン以外は、集落周辺で生活するはずだ。

　だからこそ、探して集落が見つからないなんてことはない。

　もしかしたら、集落を持たないゴブリンが、奇跡的にこの村周辺に集まったという可能性もあるが……その可能性はかなり低いだろう。

　仮にそうであったとしても、そのゴブリンたちでどこかに拠点を作り、集落をつくり始めるはずだからな。

　それに、子供だけが攫われているという点も気になる。

　本来ゴブリンやオークは、異種族の女を攫い、種族の繁殖に使うことで知られていた。

　故に、攫うのであれば、子供ではなく、女のはずだ。

　そこでふと、俺はレディオン帝国に来る途中で見た、あの研究施設を思い出した。

……まさか、魔人会が絡んでいるのか？

何にせよ、このまま放置しておくわけにはいかないだろう。

「……分かりました。ひとまず周辺のゴブリンたちを倒しつつ、俺たちも何か手掛かりを探してみます」

「ああ……ありがとうございます……ありがとうございます……！」

俺の言葉に、村長は泣きながら感謝を告げるのだった。

＊＊＊

村長宅を後にした俺たちは、早速依頼を開始する。

「さて……この森だな」

今回、ゴブリンたちが出現するようになったという森は、村からほど近い距離にあった。

それこそ歩いて数分でたどり着くような場所で、普段は村人がこの森に薬草や獣を狩りに来ているらしい。

それくらい、この森は普段は危険とは無縁な場所だったようだ。

俺たちが森に入ってしばらくすると、早速スライムが現れる。

「お、スライムだな」

「見た目は特に変わりないが……」

現れたスライムは、半透明かつブヨブヨとした体をしており、動きは遅い。

「見たところ、上位種って感じでもなさそうだ」

「何だ？　お前、上位種を見たことがあんのか？」

「……一応な」

俺の呟きに反応したレジーナに、そう答えた。

危ない危ない……8級の俺が、上位種と戦ってるなんて知られたら、おかしなことになる。

それくらい、スライムの上位種は厄介なのだ。

しかし、通常のスライムであれば、油断さえしなければどんな冒険者でも倒せる。

俺はすぐさまスライムに近づくと、その身体を踏み潰した。

すると、スライムの体は砕け散り、中から小石ほどの白い球体が現れる。

この球体こそが、スライムの核であり、討伐証明部位だった。

スライムの核を拾っていると、レジーナがふとした疑問を投げかけて来る。

「大体どれくらい倒せば依頼は完了するんだ？」

「そう言えば……依頼書には指定はなかったから、このスライム一体で終わりでも大丈夫だろ

　うが、そういうわけにもいかない」

「だな。あんな話を聞いた以上、もう少しやらねぇと。それに、子供が攫われたってのも気になる」

　レジーナの言う通り、子供が攫われたというのは、無視できる話じゃない。

　だが、騎士団が派遣され、痕跡を見つけられなかったのが問題だ。

　……何か、原因があるのか？

　そんなことを考えながら森の奥に足を踏み入れると、出現するスライムの量が増えて来る。

「コイツは……確かに変だな」

　俺と同じようにスライムを踏み潰しながら、レジーナはそう呟いた。

　確かに、スライムはそこら辺に生息し、探せばいくらでも見つけることはできる。

　だが、こんな頻繁に見かけることは、まずなかった。

　というのも、スライムは群れないため、個別の発見がほとんどだからだ。

　しかし、今の出現率は、どこかに群れがあると言われても信じられるほどである。

　スライムを倒しながら進んでいると、今度は別の気配に気付いた。

「レジーナ」

「ああ、この気配は……ゴブリンだな」

気配の方に視線を向けると、茂みの中から一体の魔物が姿を現す。

くすんだ緑の皮膚に、大きな鷲鼻。

ぎょろりと大きな目と、長い耳。

子供くらいの大きさをしているこの魔物こそ、今回の討伐対象であるゴブリンだった。

ゴブリンはまだ俺たちに気付いていないようで、呑気に歩いている。

「あのゴブリンはお前がやれ」

「え？」

「え？じゃねぇだろ。この依頼は、お前が受けたんだ。お前がやらねぇでどうする」

確かに、レジーナに促されたとはいえ、この依頼は俺が受けた物だ。

俺が動かないとおかしいだろう。

レジーナの言葉に頷くと、俺はなるべく気配を消しつつ、ゴブリンの背後に近づいた。

そして――――。

「ふっ！」

「ギャ⁉」

そのまま腰の剣を抜き、首を斬り飛ばした。

血糊を払い、剣を収めると、レジーナが近づいてくる。

「本当はお前が戦えるか半信半疑だったが……さすがクルール様の弟子だな。剣の扱いはそれなりだ」

さすがにいつもの調子で剣を振っていれば、レジーナに疑念を持たれるため、かなり手加減したのだが……どうやらバレずに済んだみたいだ。

そのことに安心していると、レジーナは続ける。

「ただ、気配の消し方はまだまだだな。ゴブリン程度ならともかく、上のランクに行けば行くほど、今の気配消しじゃバレるぞ」

「……」

気配消しに関しては……うん。

手加減とかじゃなく、普通に俺が下手なだけだな。

まあ結果的に8級冒険者らしくなってよかったが……。

とりあえず、倒したゴブリンの耳を切り取る。この部位こそが、ゴブリンの討伐証明だからだ。

「見たところ、ゴブリンも普通のヤツだな」

「ああ。とはいえ、奥に進めば上位種はいるかもしれないが……今のところ、その気配は感じられない」

俺は気配消しこそ苦手だが、気配察知はかなり得意だった。

そんな俺とレジーナでさえ、この森から上位種の気配は感知できないのである。

「今のゴブリンははぐれ個体か？」

「さあ……分からないが、集落のゴブリンではないな」

もし集落のゴブリンであれば、その活動範囲は限られ、よほどのことがなければその活動範囲を広げようとはしない。

そのよほどのことというのが、異種族の女を攫ったり、食料を求めている時だ。

だが、村から攫われているのは子供だけで、女や食料に手を出された形跡はない。

ひとまず森の中を重点的に探索するが、やはりスライムに続き、ゴブリンの姿も増えてきた。

「よっと」

「グギャア⁉」

レジーナは武器を抜くこともせず、そのまま素手でゴブリンの頭を掴み、首をへし折る。

見たところ、身体強化の魔法も使っていないようなので、素の身体能力なんだろうが……中々強いな。

まだ本気の戦闘スタイルを見ていないので何とも言えないが、少なくとも後衛ではなく、前線に立って戦うタイプだろう。

こうしてある程度のゴブリンを倒しつつ、森を探索するが、何の収穫もない。

「どうなってんだ？　これ以上奥地だと、村人も入らねぇって話だし……」

「騎士団も、奥地は調べただろうからな」

真っ先に疑うのは、この森の奥地。

そこは、村人も普段は近づかない場所であるため、何かあるとすれば、そこが一番怪しいことになる。

だが、派遣された騎士団は、この森を捜索し、奥地も探したはずだ。

何より、この森はそんなに大きいわけじゃなく、奥地にも強力な魔物がいるわけでもない。

ただ純粋に村人たちには近づく理由がないから、近づいていないだけだ。

集落の存在を仮定したとしても、奥地であれば、村人の活動範囲と被ることもない。

一応、何体かのゴブリンの後をつけ、その行き先を探ってみたが、特におかしな行動もなく、ただ森を徘徊するばかりで、結局何の収穫もなかった。

「一体何が起きてるんだ……」

そう呟き、一歩踏み出した瞬間だった。

「……ん？」

俺は、周辺に微かな違和感を覚えた。

何と言うか……特定の方角を意図的に避けると言うか、無理やり意識が向かないようにされている感じだ。

そして何より、ほんのわずかだが、妙な魔力の揺らぎを感じ取れたのだ。

まさかこれは……。

俺が動きを止め、一点に視線を向けていると、レジーナが声をかけて来る。

「何だ、どうかしたか？」

「……レジーナ。ここら辺で違和感を覚えないか？」

「違和感？」

「ああ。意識を逸らされる感覚というか……」

「何？」

レジーナは視線を鋭くすると、俺の示した方向に目を向ける。

それから少しして、レジーナは舌打ちした。

「クソッたれ……そういうことか」

「分かったか？」

「ああ。誰かがこの周辺に結界魔法をかけてやがるな？」

そう、俺たちが感じ取った違和感の正体……それは、結界魔法だったのだ。

ただし、俺が魔人会の研究施設を見つけた時や、クレットの研究施設の結界魔法とは異なり、より厳重に結界魔法が施されており、中々気付くことができなかったのだ。

クレットや、山脈の研究施設では、その場所を隠すためだけの結界魔法だったが……ここでは認識阻害や方向感覚の混乱など、実に様々な結界魔法が織り交ぜられている。

これは、騎士団も分からないわけだ。俺も魔力の揺らぎを感じ取れなければ、そのまま素通りしていたかもしれない。

だが、一度気付ければあとは簡単だ。

「どこの誰だか知らねぇが、この魔法が今回の事件に絡んでんだろう」

レジーナはそう言いながら手を前に出し、結界に触れる。

そして……。

「壊れろ」

一気に結界魔法に魔力を流し込んだ。

その勢いはすさまじく、結界魔法全体に雷が迸り、やがて音を立てて崩れ去る。

あまりにも豪快な結界魔法の破壊に、俺は唖然とした。

「レジーナ……今のは確実に相手に気付かれるぞ」

「んなことは知ってるよ。この場所の主が今回の件に絡んでようがいなかろうが、隠れてる時点でやましいヤツだろ？　なら、どうせぶっ飛ばすんだ、バレようが関係ねぇ」

考え方まで豪快だな。

そんなことを考えていると、結界が崩れた先が見えてくる。

すると、何とそこには――洞窟があったのだ。

「これはまた……ずいぶんとデカい洞窟を隠してたもんだな」

先に進むレジーナに続き、洞窟に向かうと、中から大量のゴブリンとスライムが現れる。

「やっぱりな」

「ああ。どうやらこの場所こそが、子供の誘拐に関係しているようだ」

剣を抜き、襲い来るゴブリンたちの相手をしようとした瞬間、レジーナが手で制してくる。

「レジーナ？」

「ここまでの規模になっちゃあ、８級のアンタには厳しいだろ。だから、アタシに任せな」

レジーナはそう告げると、腰から短剣を引き抜いた。

そして――。

「邪魔だよ」

閃光が走った。

まさに一瞬の出来事。

レジーナが目の前から消えたかと思えば、迫りくるゴブリンやスライムたちが、瞬く間に細切れにされたのだ。

なるほど、これが彼女の戦闘スタイルか。

力だけで見れば戦士としてもやれそうだが、見たところ、スピードで翻弄するタイプらしい。

何より、その手にしたナイフの扱いは素晴らしかった。

ただ、その動きはどこか見慣れた物を感じると言うか……おそらく、師匠から学んだんだろうな。

そんなことを考えている間にもレジーナは大暴れし、気付けば襲い来るゴブリンたちはすべて殲滅されていた。

「よし、先に進むぞ」

返り血一つ浴びた様子のないレジーナを先頭に、洞窟内部に足を踏み入れる。

そしてしばらく進んでいくと、開けた空間にたどり着いた。

「なんだ、これは……」

レジーナは、目の前の光景に絶句する。

俺たちの目の前には、ビアルド山脈の施設で見たような、様々な装置に繋がれた子供たちの姿があったからだ。

「ここは一体……」

「……」

魔人会のことを知らないレジーナは、この光景が何なのか、理解できなかった。

……師匠は魔人会のことは任せろと言っていた。

だからこそ、俺からレジーナに説明するわけにもいかないだろう。

「レジーナ。ひとまず子供たちの救出が先だ」

「あ、ああ。分かってる」

やはり妙な薬剤を打ち込まれているようで、装置から解放した後も、子供たちは虚ろな表情を浮かべたままだった。

とはいえ、師匠から聞いた話通りなら、この状態も時間が経てば回復するだろう。

幸いなことに、虚ろな状態とはいえ、手を引いて歩けば動いてくれるため、子供たちの体をロープで繋ぎ、移動することになった。

「よし、ひとまずここから脱出を――」

「――まさか、侵入者が現れるとはな」

「！」


突如、洞窟の奥から凄まじい殺気が放たれた。

その殺気にレジーナは反応し、短剣を構える。

……おかしい。この洞窟には、先ほど殲滅した魔物以外に気配はなかったはず。

それがいきなり現れたということは……転移魔法か？

すると、洞窟の奥から、一人の男が姿を現した。

「な……お前は……」

その男は、人型でありながら、俺たちの知るどの種族とも異なっていた。

全身半透明で、人間というより、スライムに近い……そんな存在なのである。

辛うじて性別は男だと判断できるが……。

男はゆったりとした足取りでこちらに近づくと、口を開く。

「この短い間に、二度も拠点を荒らされるとはな……それも、ここは結界魔法も見直し、より厳重に隠していたはずだ」

……なるほど。コイツが、あの山脈の施設の主か。

そして、俺があそこを破壊したことで、この場所をより厳重に隠したと……。

何にせよ、コイツが魔人会の一員であることは間違いなさそうだ。

「お前は何者だ！」

そんなことを考えていると、レジーナは叫ぶ。

「何者か、だと？　我が研究所に土足で踏み入る貴様こそ、何者なのだ」

「何？」

レジーナが眉を顰めた瞬間、洞窟の奥からさらなる気配が現れる。

おそらく転移魔法でやって来たであろうその気配は、何とゴブリンやスライムの上位種だった。

「な……」

現れたのは【ハイ・ゴブリン】や【キング・ゴブリン】、【ポイズン・スライム】と言った、5〜3級の魔物で、その数はざっと100体は超える。

「まあいい。ここで貴様を殺し、実験体を奪い返せばいいだけだからな」

男がそう口にした瞬間、奥から現れた魔物たちが、一斉に俺たちに襲い掛かって来た！

「子供たちを村に連れて逃げろ！」

するとと、真っ先に襲い掛かって来たポイズン・スライムを斬り裂きながら、レジーナがそう叫んだ。

「レジーナは⁉」

「アタシはここでコイツらを食い止める！　だから早く行け！」

その次の瞬間、彼女は体に雷を纏わせた。

そして一瞬にしてその場から掻き消えると、上位種であるゴブリンたちを瞬く間に殲滅していく。

……なるほど、これがレジーナの奥の手か。

何にせよ、今は子供たちの安全が優先だ。

俺はレジーナの言葉に従い、急いで子供たちを連れ、洞窟の外に向かう。

だが、それを見た男が、体の一部を触手のように変化させ、俺たちに向けて放ってきた。

「逃がすかッ！」

その速度はすさまじく、一瞬で俺たちとの距離を潰す。

しかし……。

「させるかよ！」

「なっ⁉」

レジーナは俺たちと触手の間に割り込むと、その触手を斬り落として見せた。

「早く行け！」

「すまない！」

そして、レジーナの助けもあって、何とか洞窟から脱出することに成功するのだった。

＊＊＊

ブランを逃がした後、レジーナは男……ゲリューザと対峙していた。

「貴様……よくも我が実験体を……！」

怒りに震えるゲリューザに対し、レジーナは鋭く睨みつけた。

「テメェが何をしてるのかは知らねぇが……観念するんだな」

そして、雷を纏った状態でゲリューザに短剣を向ける。

だが、そんなレジーナを前に、ゲリューザは鼻で笑った。

「この我が？　実験体を逃がした貴様は、ここで死ぬのだ」

その次の瞬間、レジーナは再び洞窟の奥から気配を感じ取る。

ブランも予想していた通り、この洞窟の奥には転移魔法の魔法陣が仕掛けられ、そこから配下の魔物が召喚される仕組みになっていた。

こうして先ほど倒したゴブリンやスライムの上位種が再度召喚され、レジーナの前に現れる。

そして、現れたゴブリンたちは、そのままゲリューザに従うような様子を見せた。

「……やっぱ魔族か」

ゲリューザの姿を見た瞬間から、何となくそんな予想をしていた。

ただ、レジーナには魔族との戦闘経験がなかったため、確証が得られなかったのだ。

しかし、こうして目の前で魔物を従える姿を見て、確信に変わる。

「スライムにゴブリンってこたぁ……【第四の魔王】の手下だな？」

第四の魔王。

それは、スライムやゴブリンと言った魔物を統べる存在。

一見、従える魔物たちは弱そうに思えるが、上位種にもなると、小さな街程度は壊滅させられる力はあった。

何より一番の特徴は、その繁殖力。

倒しても倒しても尽きることなく湧き出る魔物の軍勢に、何度も街を滅ぼされた経験があるほどだ。

ただ、それが可能なのは魔王本人であり、眷属の一人でしかないゲリューザには、そんな体力の魔物を召喚し、従える能力はない。

「確かに数は脅威だが……いち眷属でしかねぇテメェには、限界があるはずだ」

そんな冷静な分析を口にするレジーナに対し、ゲリューザは不愉快そうに顔を歪めた。

「この我が……ただの手下だと？　限界があるだと⁉　それが本当かどうか、身をもって確かめるがいい！」

ゲリューザの合図とともに、襲い掛かるゴブリンたち。

しかし、レジーナは慌てることなく、ナイフを構える。

「フッ！」

「ギャ⁉」

「グギャアアア！」

そして一瞬の間にゴブリンたちの間をすり抜けると、それと同時に首を斬り裂いていった。

まさに閃光のように消え、敵を殲滅していくレジーナ。

すると、一体のスライムが隙を縫うように、レジーナに襲い掛かった。

「邪魔だッ！」

すぐさまナイフを一閃させるレジーナ。

だが……。

「何？」

なんと、レジーナのナイフが、スライムの体を斬り裂くことはなかった。

何度もスライムを斬り付けるが、その身体に刃が通ることはなく、ただぐにゃりと形を変えるだけ。

すると、そんなレジーナを見て、ゲリューザが嗤った。

「クハハハハ！　ソイツはすべての物理攻撃を無効化するスライムだ！　貴様がいくらそのナイフで攻撃を重ねようが、一切ダメージは与えられんぞ！」

ゲリューザの言葉通り、レジーナはナイフによる攻撃を加えるが、やはり刃が通る気配はない。

そんな中、スライムは一斉にレジーナに襲い掛かる。

しかし……。

「アタシは、物理一筋ってわけじゃねぇよ」

次の瞬間、全身に雷を纏っていたレジーナは、その雷を武器にまで流し始めたのだ。

「そら……これなら文句ねぇだろ！」

そして、雷を纏わせたナイフで一閃すると、先ほどとは打って変わり、スライムたちは消滅する。

「クッ……何をしている！　早くそいつを殺せ！」

再びゲリューザがそう合図を出すと、ゴブリンたちは殺到した。

すると、レジーナは周囲にいた魔物たちを軽く一掃し、一瞬の隙を突いて両手のひらを地面に付ける。

「消し飛びな――【ライトニングボルト】！」

次の瞬間、周囲の魔物目掛けて、落雷が発生した。

落雷は、まるで雨のように降り注ぎ、魔物たちを消し飛ばしていく。

それどころか、洞窟の天井ごと施設を吹き飛ばす勢いだった。

一瞬にして自身の研究所を消し飛ばされたゲリューザ。

「ば、馬鹿な……我の研究所が……！」

「——これで、お前だけだな」

先ほどの一撃により、召喚されていた魔物もすべて消し飛んだ。

それだけでなく、研究所が崩壊したことで、洞窟の奥に設置されていた魔法陣も使い物にならなくなり、魔法陣からはこれ以上、魔物を召喚することができなくなった。

そこでようやくゲリューザは、レジーナの正体を悟る。

「この雷……貴様、【瞬雷】だな！」

「今頃気付いたのかよ……だが、もう遅い。お前はここで死ぬんだからよ」

短剣を突き付けるレジーナ。

しかし、ゲリューザは怯むことなく、忌々し気にレジーナを睨みつけた。

「最近依頼から帰還したとは聞いていたが……そうか。貴様だったのか……！」

「あん？」

レジーナは、さらに殺意を漲らせるゲリューザに対し、怪訝な表情を浮かべる。

「とぼけるな！　貴様がビアルド山脈の施設を壊したのだろう⁉」

「は？」

ゲリューザの言葉に、レジーナは呆けた表情を浮かべる。

今回、初めてこのような施設を目にしたレジーナにとっては、意味の分からないことだった。

ただ……。

「……どうやら、単独の行動じゃねぇみたいだな？」

「分かり切ったことを……まだ我を愚弄するか！」

しかし、すでにレジーナがビアルド山脈の施設も壊したと判断したゲリューザは、レジーナの言葉に激昂する。

「確かに、０級に最も近いとされる貴様であれば、我らの結界魔法も見破れるだろう……」

「さっきからテメェは、何の話をしてるんだ？」

呆れた様子でそう告げるレジーナ。

ゲリューザは、そんなレジーナを無視し、叫んだ。

「ならばここで……我が研究所の対価を支払ってもらうぞ！」

「！」

次の瞬間、ゲリューザの体から、魔力が吹き荒れる。

それと同時に、ゲリューザを中心に魔法陣が展開され、やがてその魔法陣からいくつもの魔物が出現した。

「これは……」

魔法陣から現れたのは、大人の人間ほどのサイズを誇る4級の魔物【グランド・スライム】に、すさまじい筋肉と成人男性を二回りほど超える巨体の3級の魔物【バーサク・オーガ】。そしてそのバーサク・オーガを余裕で超える、さらに大きな肉体を持つ2級の魔物【ハイ・トロール】だった。

しかも、それぞれが一体ずつではなく、群れで召喚され、すでに百体を超える魔物が、レジーナを取り囲む。

「残念だったな！　転移魔法陣は消えようとも、まだ我の配下は残っているのだ！」

この量の魔物を相手にする場合、2級はおろか、1級であっても一人で対処しきるのは不可能だった。

四人パーティーを組んでいたとしても、全員無事に切り抜けられるか怪しい。

「どうだ⁉　たかが1級の貴様如きに、この魔物を処理しきれるか⁉」

そんな危険な状況だったが……ここにいるレジーナは、普通の1級冒険者ではない。

「テメェ……アタシのことをよく知らねぇみたいだな」

「何？」

危機的状況であるにもかかわらず、悠然と笑うレジーナ。

その次の瞬間、先ほどのゲリューザを超える魔力が、レジーナの体から放たれる。

「なっ⁉」

「────『天雷装・真』」

ひと際巨大な雷が、レジーナに落ちた。

その余波はゲリューザたちにも襲い掛かり、余波だけでレジーナの近くにいた魔物の数体が消し飛ぶ。

そして、落雷が消えると、先ほどまでの普通の雷ではなく、黄金の雷を纏ったレジーナが姿を現した。

しかも、聖雷獣との死闘で手に入れた、青白い雷と、赤黒い雷を両手に掴んでいる。

今までとは姿も圧力も異なるレジーナの姿に、ゲリューザは自然と後ずさった。

「な、何だ、その姿は……」

気圧されるゲリューザに対し、レジーナは不敵に笑う。

「アタシは、あの人に追いつくため、必死で強くなったんだ────そこらの1級と同じにするなよ?」

「！」

次の瞬間、文字通りレジーナの姿が消えた。

その数瞬後、轟音が鳴り響き、バーサク・オーガの群れが消滅する。

「なっ⁉」

「――――まだだ」

再びレジーナが姿を消すと、またもや轟音が遅れて響き、ハイ・トロールの群れが消失する。

一瞬にして二つの群れが消滅し、ゲリューザは絶句した。

「あ、あり得ない……たかが1級如きの貴様に……何故そこまでの力が⁉」

「――――言っただろ？」

「っ⁉」

突如、背後から聞こえる声に、ゲリューザはすさまじい勢いで反応し、体の一部を剣に変え、振り抜いた。

だが、すでにそこにはレジーナの姿はなく、再びゲリューザの背後に現れる。

「アタシは、死ぬ気で強くなったって――――」

「ッ！　グランド・スライム！」

危機を感じ取ったゲリューザがそう叫ぶと、グランド・スライムはゲリューザの前に躍り出た。

その直後、グランド・スライムにレジーナの貫き手が突き刺さる。

「邪魔だ」

そして、レジーナは手からすさまじい雷光を迸らせると、一瞬にしてグランド・スライムの体が消し飛んだ。

「ひっ！」

周囲に飛び散るグランド・スライムの破片に、ゲリューザは小さな悲鳴を漏らす。

そんなゲリューザに対し、レジーナは悠然と近づいた。

「色々聞きてぇことはあるが……どうせ何も言わねぇんだろ？　なら、きっちり殺さねぇとな」

「く、来るな……来るなあああああ！」

ゲリューザはまたたく間に全身を触手に変え、すさまじい勢いでレジーナに向けて刺突を放った。

しかし、それらすべてをレジーナは躱し、ついにゲリューザの懐に入る。

「――消し飛びな」

そして、すさまじい一撃が、ゲリューザの腹に突き刺さった。

それと同時に、周囲一帯を消し飛ばす勢いで雷が迸る。

「ぎゃあああああああああああああああ！」

ゲリューザは何とかその雷に抵抗しようとするが、その甲斐も虚しく、やがて体内から爆散してしまうのだった。

周辺に飛び散るゲリューザの肉体。

それを前に、レジーナは鼻を鳴らした。

「フン。魔族って言うから警戒したが……こんなものか」

普通、魔族は1級になってようやく相手できるような存在であり、それもパーティーを組んで戦うのがほとんどだった。

それに対してレジーナは、すでに実力は1級のトップに位置し、0級にも手が届く距離にいるため、たった一人で魔族を相手にできたのである。

「ってか、この森の状態どうするかな……」

そこでふと、レジーナは自分のせいで荒れ果てた森に目を向けた。

半径百メートル圏内はすべて更地となり、辺り一面にはレジーナに殺された魔物の死体があちこちに飛び散っている。

「それに、なんて説明すれば……」

そこまで言いかけた瞬間だった。

レジーナは、不意に嫌な気配を感じ、振り返る。

すると――――。

「――――中々やるな」

――――なんと、先ほど倒したはずのゲリューザが、徐々に体を再生させ、立っていたのだ。

砕け散ったはずのゲリューザの肉体や、周囲に散らばるグランド・スライムやゴブリンなど、すべての死体の破片が、一つに集まり、ゲリューザの肉体を形成していく。

それを見たレジーナは、再び体に雷を帯電させると、ゲリューザに突っ込む。

「フン……何度再生しようが同じだ……！」

そして、雷を纏わせたナイフを、ゲリューザの胸目掛けて放った。

だが……。

「なっ⁉」

なんと、レジーナのナイフはゲリューザの肉体を貫くことはなく、その上、雷が吸収されたのだ。

予想外の光景に驚くレジーナ。

そんなレジーナに対し、ゲリューザは不敵に笑った。

「ククク……どうした？　その程度か？」

「――舐めるなよ」

しかし、すぐに気を取り直したレジーナは、再び最大火力の雷を両腕に纏わせ、そのままゲリューザの肉体へと突き出す。

その瞬間、蓄電されていた雷が一気に解放され、レジーナの目の前が真っ白に染まった。

光が晴れると、レジーナの眼前に存在していた森の一部が吹き飛んでいる。

ただ――ゲリューザは無傷だった。

「な、に……？」

あり得ない光景に唖然とする中、ゲリューザは嘲笑した。

「ククク……ハハハハハ！　残念だったなぁ!?　我は、ただの第四の魔王の眷属ではない！　組織の研究により、新たな進化を遂げ、究極の存在へと近づいたのだ！」

そう、ゲリューザは、魔人会の研究を進める中で、己の力も強化していた。

特に強化した点は、適応力。

第四の魔王の眷属であるすべての魔物はこの力に優れていたが、ゲリューザは特別その力を磨いたのだ。

「確かに、第四の魔王の魔物は、数による力がある。しかし、それでは究極の【個】……魔王を超えることは決してできぬ。故に我は、己の中に眠る適応力を極限まで引き出し、究極の【個】として君臨する道を見出したのだ！」

「魔王を超える？」

まったく予想していなかった言葉に、レジーナは驚いた。

「魔王はテメェの生みの親じゃねぇのかよ」

「貴様の言う通り、我らは魔王によって生み出された存在だ。故に、多くの同胞は魔王に付き従っている。だが……何故、生み出されたからと言って、従わねばならん？」

「！」

怒気をはらんだ言葉の圧に、レジーナは警戒する。

「魔王は確かに強大だが、それ故に傲慢で、成長はない。それに対して我々は、魔王の力を受け継ぎつつ、さらなる成長を求め、強くなった。果たして、どちらがより優れていると思う？」

「……んなこと知るかよ。テメェはここで、殺すんだからな!」

改めて体に雷を纏い、超高速移動をするレジーナ。

それと同時に、四方八方から様々な打撃や斬撃をゲリューザに与えていった。

――しかしゲリューザは、そんなレジーナの動きを見切り、そのまま腕を掴んで受け止める。

「な、に?」

「――言っただろう? 我は究極の適応力を手にしたと。もはや貴様の攻撃は、この我に通じぬ」

「ガッ⁉」

その次の瞬間、すさまじい一撃が、レジーナの横腹に叩きつけられた。

それは、鞭のようなゲリューザの触手による一撃。

本来、今のレジーナに触れれば、その触手は焼け焦げ、消えていただろう。

だが、今までの攻撃に、吸収したグランド・スライムやゴブリンから、レジーナの攻撃に対する耐性を獲得したことで、もはやゲリューザにレジーナの攻撃は通用しなかった。

「どうだ? 確かに貴様の力は強大だが、こうして適応してしまえば何の問題もない。それに……その姿も長くは続かんだろう」

「くっ……」

ゲリューザの指摘通り、レジーナが『天雷装・真』の姿でいるには限界があった。

レジーナの『天雷装・真』は、莫大な魔力を常に消費し続けるため、並大抵の冒険者なら、3秒と持たない。

それでもレジーナは不屈の努力の末、3分という時間を獲得。

しかも、非常に強力な魔法であるため、3分もあれば大体の戦闘は終わらせることが可能だった。

――ゲリューザのようなイレギュラーさえ現れなければ。

「さあ、もう一度戦おうか?」

「!」

こうして、ゲリューザとの真の戦いが、幕を開けたのだった。

＊＊＊

レジーナのおかげで森を脱出した俺たち。

そのまま村まで子供たちを連れ帰ると、農作業をしていた者たちが、すぐに気付いた。

「なっ……エナ⁉」

「ジル！　お前、どこに行ってたんだ！」

「今すぐ村長に伝えろ！」

戻ってきた子供たちを前に、親は急いで駆け寄ると、子供たちを抱きしめた。

するとしばらくして、村長が慌ててやって来た。

「ブランさん！」

「村長。子供たちを連れて帰ってきました」

「そんな……本当に……」

目の前の光景が信じられないと言った様子の村長。

しかし、すぐに子供たちの様子がおかしいことに気付く。

「な……子供たちは……」

「……話すと長くなるのですが、子供たちは何らかの組織に攫われ、実験体にさせられていました」

「なんですと⁉」

俺の言葉に、驚きを隠せない村人たち。

……何があるか分からないし、ここは俺も組織を知らない体でいた方がいいだろう。

そんなことを考えつつも、話を続ける。

「その際、何らかの薬品を打ち込まれたようで、意識が朦朧としているようなのです」

「そんな……じゃあ、この子たちはこのままなのですか⁉」

「いえ。時間が経てば、自然と子供たちも意識を取り戻すでしょう」

「そ、そうですか……」

村長たちとしては、どうしてそんなことが分かるのかなど、聞きたいことはたくさんあるだろう。

だが今は、村の子供たちが戻ってきたことで、安心していた。

こうして子供たちを引き渡した俺は、一息つくと動き始める。

「ぶ、ブランさん？　一体どちらに……」

「まだ、仕事が残ってるので」

「仕事？」

「ええ。それでは……」

「あ、ブランさん！」

背後で村長が呼び掛ける声が聞こえる。

しかし、今はレジーナを残している状態であり、構っている暇はなかった。

「大丈夫だとは思うが……」

レジーナも師匠の下で戦闘術を学び、１級冒険者にまで上り詰めた猛者だ。

俺はそう言い聞かせながら、急いで洞窟に向かうのだった。

第五章

魔族

ゲリューザとの激戦を繰り広げるレジーナ。

ゲリューザは、自身の体の一部を無数の触手に変化させ、すさまじい勢いで刺突を放つ。

「どうした⁉　速度が落ちているぞ！」

「くっ！」

そんな攻撃に対し、何とか魔法の力で見切り、攻撃を躱しているレジーナだったが、その速度は徐々に上昇し、今や雷と同等であるレジーナにすら迫る勢いだった。

「クハハハハハ！　さっきまでの威勢が嘘のようだなぁ⁉」

「ハアアアアッ！」

逃げても逃げても追って来る触手に対し、レジーナはナイフを構え、切り落としにかかる。

だが、ナイフの刃は触手の表面を滑るだけで、一切ダメージを与えることができなかった。

「無駄だ！　今の我は、貴様の魔力と斬撃に完全に適応している！　どう足掻いたところで、貴様に勝ち目はないんだよ！」

ゲリューザの言う通り、レジーナがどれだけ攻撃をしようが、すでに適応してしまったゲリューザには、何の効果もない。

さらに、レジーナの『天雷装・真』の効果時間も、着々と迫っていた。

「（クソッたれ……こっちの攻撃が一切通らねぇ！　本当にアタシの攻撃に対して、耐性を得たみたいだ。このままじゃ、やられちまう！）」

この状況に焦りを募らせるレジーナだったが、ゲリューザは攻撃の手を緩めない。

「相手は我だけではないぞ？」

「⁉」

なんと、ゲリューザはさらに体の一部を変形させると、そこからスライムを数体生み出し、レジーナに襲い掛からせたのだ。

レジーナはすぐさまナイフを振るい、スライムに斬りかかる。

しかし……。

「なっ！」

「ハハハハハ！　当然、そのスライムも貴様の攻撃に対して耐性を得ているぞ！」

そう、今まで簡単に倒せていたはずのスライムに、レジーナのナイフが通じなかったのだ。

そんな驚くレジーナの隙を突き、腕に纏わりつくスライム。

すると、スライムは体内で酸を生成し、レジーナの体を溶かしにかかった。

「ぐぅ……クソがッ！」

ただ、そこは1級冒険者のレジーナ。

体を酸で溶かされ、苦悶の表情を浮かべながらも、怯むことなく動き続ける。

それと同時に、スライムが纏わりつく腕に、より雷を集中的に集めた。

「吹き飛べ！」

すると、スライムは高電圧の雷を受け、勢いよく弾け飛ぶ。

だが、その弾け飛んだスライムは、すぐさまゲリューザに吸収されてしまった。

「ほう？　残念だったな。あのまま溶かされて死ねばいいものを……」

「……」

そう冷笑するゲリューザに対し、レジーナはあることに気付いた。

「(今、アタシの雷でスライムをぶっ飛ばせた……つまり、耐性があるって言っても、その耐性を超える一撃を加えれば、勝機はあるってわけだ)」

レジーナの予想通り、ゲリューザは確かにレジーナの攻撃に対して耐性を得ていたが、その耐性を超える攻撃は、そのままダメージとして受けてしまう。

そのため、ゲリューザを倒すためには、今の耐性以上の一撃をぶつける必要があった。

ただ……。

「(……コイツはアタシの『天雷装・真』の一撃を受けて、無傷だった。つまり、それ以上の一撃が必要ってことか……)」

聖雷獣との戦いで、さらに強化された『天雷装』。

その『天雷装・真』こそが、今のレジーナの切り札であり、最も威力の高い技だった。

故に、これ以上の技は、そうそう放てるわけではないのだが、方法がないわけでもない。

「(一か八かだが、アタシの全魔力をつぎ込めば、あるいは……それに、まだ確認したいこともあるしな)」

一つ計画を練ったレジーナは、魔力を温存するため、一度『天雷装』を解除する。

すると、ゲリューザは厭らしく笑った。

「どうした？　もう限界か？」

「ハッ……テメェなんざ、この状態で十分なんだよ」

「まだ減らず口を叩けるか……なら、物言えぬ骸にしてやろう！」

大量の触手が、雨のようにレジーナに降り注ぐ。

その一つ一つの攻撃はすさまじく、地面に衝突するたびに巨大なクレーターを形成していた。

だが、そんな攻撃を前にしつつも、レジーナは冷静に見極め、躱していく。

これは、自身が超高速で動く中で身に付けた、動体視力の賜物だった。

「チッ……ちょこまかと！　ならば、これはどうだ⁉」

攻撃が当たらないことにいら立ったゲリューザは、触手を一度引っ込めると、まるで巨大な波のように、体全体を巨大化させ、覆いかぶさるように襲ってきた。

「今だッ！」

するとそれを見たレジーナは、再び『天雷装・真』を発動させ、一番近くの木に移動する。

そして、その木を一瞬で斬り倒すと、木を抱きかかえ、思いっきり振り回した。

「おりゃあああああああああ！」

「な、何⁉　ぐはあああっ！」

予想外の一撃を受けたゲリューザは、今までとは異なり、苦悶の声を上げ、吹き飛んだ。

その隙を逃さず、さらにレジーナは周囲の木々を斬り倒しては、次々とゲリューザ目掛けて投げつける。

さらに、地面に力いっぱい踏み込むことで、周囲に飛び散った地面の破片を、これまたゲリューザ目掛けて射出した。

それらすべての攻撃は、起き上がりかけのゲリューザに襲い掛かる。

「ぐっ⁉　小癪な……！」

そう、ゲリューザはレジーナの攻撃に対する耐性は得ていたものの、例えば木や石による普通の打撃には、まだ何の耐性も得ていなかったのだ。

ただ……。

「無駄だ！　今この瞬間、打撃の耐性も獲得した！　これ以上、貴様に打つ手はない！」

「――そいつはどうかな」

「なあッ!?」

ゲリューザが木々に気を取られている間、一瞬で懐に潜り込んでいたレジーナ。

レジーナは自分の体内にあるすべての魔力を総動員し、両腕に極集中させると、その魔力を一気に爆発させた。

「吹き飛べえええええええええええええええ！」

咆哮と共に放たれる、極大の雷光。

森全体を白く染め上げ、その轟音は帝都にまで鳴り響いた。

まさに、レジーナの究極の一撃。

この一撃で、森の大半は消し飛んだ。

辺り一面に土煙が舞い、視界を遮った。

「はぁ……はぁ……」

すべての魔力を使い切り、息を荒らげるレジーナ。

もはや、これ以上戦うことは不可能だった。

ただ……。

「これで……終わりだ……」

「――それはどうかな？」

「!?」

レジーナは、目を見開く。

徐々に晴れていく土煙。

その先になんと――ゲリューザが、体を再生させながら立っていたのだ。

「ばか、な……」

今の一撃は、確実にゲリューザの肉体を消し飛ばした。

それこそ、再生する余地を与えず、肉片すら残らない一撃だったのだ。

だが、ゲリューザは体こそボロボロだったが、少しずつ肉体を再生させ、目の前に立っているのである。

すると、体の再生を終えたゲリューザが、首を鳴らすような仕草をしつつ、口を開いた。

「……まさか全力で防御することになるとは……今の一撃は肝が冷えたぞ。さすがは1級冒険者と言ったところだな。だが――――」

「うぐっ⁉」

レジーナは首を掴まれ、持ち上げられる。

「――お前の抵抗もここまでだ」

「ぐ、が……」

ゲリューザの首を掴む手に、力が入る。

レジーナは必死に逃れようとするが、もはや魔力すら残っておらず、まともに抵抗することができない。

「確かに、我の耐性を超える一撃を狙ったのはよかった。貴様のせいで、我も魔力のほとんどを失ったからな。だが、おかげでより強力な耐性を獲得することができたよ。ありがとう」

「くっ……!」

絶望的な状況であるにもかかわらず、闘志を失わないレジーナ。

そんなレジーナに対し、ゲリューザは冷ややかな笑みを浮かべた。

「フッ……安心しろ。ここで貴様を殺した後、逃げた連中も皆殺しにしてやるさ。だから――死ね」

そして、ゲリューザはレジーナの首をへし折ろうとした――その瞬間だった。

「レジーナ!」

「なっ⁉」

ゲリューザの腕が、斬り飛ばされたのだ。

それと同時に、自然落下するレジーナ。

しかし、そんなレジーナを誰かが抱きかかえた。

「ぁ……ぶ、らん……?」

「レジーナ、しっかりしろ!」

――なんと、ゲリューザの腕を斬り飛ばしたのは、ブランだったのだ。

＊＊＊

村から急いで駆け付けた俺を待っていたのは、あの魔族の男に首を掴まれるレジーナの姿だった。

それを見た俺は、すぐさま剣を抜き放ち、斬撃を飛ばす。

その一撃で男の腕を斬り飛ばすことに成功し、俺はレジーナを回収すると、男から距離を取った。

すると、俺に抱きかかえられたレジーナが、朦朧とした状態で何かを呟く。

「に、げろ……」

「レジーナ！」

そしてそう告げると、そのまま意識を失うのだった。

……魔力を使い果たしたのか。

何があったのかは分からないが、この周囲の惨状を見る限り、激戦だったのだろう。

とはいえ、魔力を使い果たしたことによる消耗以外には目立った怪我もないため、ひとまず安心した。

ほっと息を吐いていると、男が俺を激しく睨みつけてきた。

「貴様……よくも我の腕を……！」

腕を押さえながらそう叫ぶ男だったが、その腕はすでに再生している。

その姿を見て、俺は眉を顰めた。

「……お前、魔族か」

確証はなかったが、この感じは魔族で間違いないだろう。

それに、スライムやゴブリンを使役していたことを考えると……おそらく【第四の魔王】の眷属だと思われる。

「ハッ！　分かり切ったことを……だが、探す手間が省けた。貴様もここで、死ねぃ！」

男がそう叫ぶと、背中部分から無数の触手が放たれる。

それらは一気に加速し、俺を貫こうと迫って来た。

「フッ！」

だが、俺はその攻撃を見切りながら躱し続ける。

「これはどうだ⁉」

するとヤツは、伸ばした触手をさらに枝分かれさせ、まるで俺を覆い隠すように頭上から降らせてきた。

さすがにこれは避けられないな……。

そう判断した俺は、レジーナを小脇に抱え直し、剣を抜き放つ。

それと同時に、迫りくる触手を斬り飛ばした。

「……貴様……何者だ？」

俺が簡単に触手を斬り飛ばしたところで、男は警戒した様子で俺にそう訊いてくる。

「答える必要があるのか？」

そんな俺の答えに対し、男は一瞬不愉快そうに顔を歪めたが、すぐに勝ち誇った表情を浮かべた。

「生意気な……だが、貴様の攻撃は通用せんぞ！」

「！」

そして、男は再び俺に触手を飛ばしてきた。

今度は避けずに、最初から剣で迎撃しようと構え、触手を斬り付ける。

だが……。

「ッ⁉」

俺の剣の刃が、触手を斬り裂くことはなかった。

弾力のあるその表面は俺の剣を受け止め、刃をその先に進ませない。

それどころか、そのまま表面を滑り、受け流されたのだ。

俺は咄嗟に身を捻り、触手の攻撃を躱す。

……何だ、今のは。

先ほどまでは、多少弾力があろうとも剣で斬り飛ばすことができた。

だが今は、手ごたえがまるで違う。

突然のことに顔を顰めていると、男は楽し気に笑う。

「ククク……どうした？　顔が強張っているぞ？」

「……」

そんな男の発言を無視し、今度は俺から攻撃を仕掛ける。

「シッ！」

鋭い呼気とともに剣を振るうと、そこから斬撃が放たれた。

先ほどはこの攻撃で奴の腕を切り落とし、レジーナを回収できたわけだが……。

俺がそう考えていると、ヤツは特に避けるそぶりも見せず、ただ触手を斬撃の前に晒す。

すると次の瞬間、俺の斬撃は触手を斬り飛ばすことはなく、簡単に防がれてしまった。

「ハハハハハ！　無駄だ！　貴様の攻撃は、すでに適応済みなのだよ！」

「適応？」

意味の分からない言葉に首を傾げると、ヤツは得意げに語る。

「そうだ。我は【第四の魔王】の特性である適応力を強化し、究極の個体となる術を得た！これで貴様の剣に適応した今、もはや我を傷つけることはできんよ」

「……」

よく意味は分からないが……コイツは俺の攻撃を受けるごとに、その攻撃に対する耐性を獲得するようだ。

そのせいで、俺の剣による攻撃に耐性を獲得したと……。

となると、コイツを倒すには魔法を使うしかない。

だがそうなると、俺が【黒帝】だとバレる可能性が高まる。

俺が悩んでいる間にも男の攻撃は続き、避けるのも大変になってきた。

……仕方がない。今はコイツをどうにかする方が先だ。

「『神滅槍』」

「ぬっ⁉」

俺は漆黒の槍を生み出すと、そのまま男に向けて射出する。

すると男は、触手で迎え撃とうとするも、槍が触手に触れた瞬間消し飛び、それを見て慌てて飛び退いた。

「馬鹿な……この魔法は、確か……」

そこまで語った男は何かに気付くと、急に笑みを浮かべる。

「そうか、貴様だったのか！【黒帝】――――いや、6号！」

「？ ッ⁉」

何のことだか分からずに首を傾げていると、不意に頭痛が俺を襲う。

それと同時に、身に覚えのない記憶が蘇ってきた。

『――６号。始末しろ』

『６号、すべて殺せ』

白衣の人間が、俺を見下ろし、何度もその名を呼ぶ。

『６号』『６号』『６号』『６号』――――。

……何だ、この記憶は……。

俺は一体、何なんだ……？

困惑する俺を見て、男は続ける。

「我々は０級冒険者に関して、様々な情報を集めていたが……先ほどの魔法で確信が持てた。

貴様は【黒帝】であり、６号なのだろう？」

「何を、言っている」

「ん？　記憶を失っているのか、本当に違うのか……まあいい。０級である貴様をここで確保すれば、我が組織はさらなる進歩を遂げるだろう！」

「……訳の分からないことを口にするな」

俺は顔を顰めながら、再び『神滅槍』を発動させ、男に放った。

今度は先ほど以上に速度を上昇させ、さらに回転を加えることでより強力な一撃にしてある。

男は咄嗟に避けようとするが、完全に躱しきることができず、その身を抉られた。

「ぐぅ⁉　やはり一筋縄ではいかんか……！」

「……」

攻撃すればするほど適応するコイツに、今のを避けられたのは痛いな。

どの程度で耐性を得るのかは知らないが……時間はかけられない。

俺はさらに無数の『神滅槍』を展開してみせる。

すると、その光景に男が目を見開いた。

「何だ、そのバカげた魔力量は……！」

「俺を知ってるんじゃないのか？」

俺はそう口にしながら、一斉に『神滅槍』を放つ。

「化物め！」

男は悪態を吐きながら、必死に攻撃を躱し、触手で対抗して見せた。

とはいえ、この弾幕にはさすがに対処しきれず、やがてその身体を無数の漆黒の槍が貫く。

「があああああああああああ！」

男は絶叫すると、そのまま膝をついた。

「はぁ……はぁ……あと、少し……あと少しだ……」

小さく何かを呟く男。

俺はそんな男を無視し、トドメの一撃として、ヤツの頭に『神滅槍』を叩き込んだ。

だが……。

「……どっちが化物だ」

俺は舌打ちをしながらそう呟いた。

なんと目の前の男は、俺の『神滅槍』を受け、耐えきって見せたのだ。

それと同時に、頭に触れた『神滅槍』はヤツに吸収され、抉られていた体が徐々に回復していく。

そう、男は――俺の魔法にすら、耐性を獲得してしまった。

「クハハハハハ！　どうだ、【黒帝】よ！　これが、究極を求める我の姿だ！」

その上、男の体から伸びる触手が、漆黒に変化する。

「貴様のおかげで、耐性だけでなく、魔法の力も獲得することができた！　これでもう、貴様に勝ち目はない！」

……完全に『神滅槍』を吸収したってわけか。

俺の『神滅槍』は、すべての属性を複合させたもの。

つまり、ヤツは全属性が操れるようになったわけだ。

男は再び無数の触手を生み出すと、それぞれに炎や雷といった魔法を纏わせ始める。

「さあ、貴様もここまでだ。我は貴様を手に入れ、さらなる高みを目指す……！」

もはや勝利を確信している男。

……面倒なことになったな。

できれば、『神滅槍』でカタをつけたかったのだが……結果的に相手を強化することになってしまった。

ここまで来てしまったのなら……。

「……仕方がない」

「ん？　どうした？　貴様もようやく諦めたか？」

俺の呟きに男がそう反応した瞬間だった。

俺は、体内の魔力を総動員し、自分の奥底に眠る属性を引きずり出す。

すると、俺の周囲に暗く、紫の魔力が漂い始めた。

「何だ？　この魔力は……まさか⁉」

何故か男はこの魔力のことを知っているようで、表情を強張らせる。

「させるかッ！」

空を覆いつくさんばかりの触手が、俺目掛けて襲い掛かって来た。

だが……。

「『終ノ槍』」

もうすでに、俺の手には魔法が握られていた。
その魔法の槍を、男目掛けて解き放つ。
すると魔法は一直線に男へ向かっていった。
男はすぐさま触手で防ごうと試みるが……そんなものは何の意味もない。
『終ノ槍』に触れた瞬間から、触手は存在しなかったかのように消え失せたからだ。
「きっ……貴様！　貴様はやはり――」
――男はその言葉を最後に、この世から完全に消滅するのだった。

エピローグ

男との激戦後。

俺は村長宅でレジーナが目覚めるのを待っていた。

「……ん？　ここは……」

「目が覚めたか」

「ブラン？　って、あの魔族は⁉」

目が覚めたレジーナは、慌てて起き上がるも、自身が寝かされていたことに気付き、呆ける。

「あ？　確かアタシは、魔族と戦って……」

「レジーナ？」

「おい、ブラン！　テメェが助けに来たんだよな⁉」

俺がそう声をかけると、レジーナはすさまじい勢いで顔をこちらに向けた。

「あ、ああ」

「それじゃあどうやって助かったんだ⁉」

「ん？」

「アイツが普通にアタシたちを解放するとは思えない。それに、もしアイツから逃げ出せたとしても、この村はすぐに襲われたはずだ。お前、何か知ってんだろ？」

「あー……そのことか」

俺は何とも言えない表情を浮かべると、レジーナは詰め寄る。

「何だ、言えよ！」

「――――が来たんだよ」

「あ？　なんだって？」

つい声が小さくなる俺に対し、レジーナは聞き返してくる。

それで俺は、やけくそ気味に叫んだ。

「だから！　【黒帝】が来たんだよ！」

「…………は？」

俺の言葉に、呆然とするレジーナ。

そう、俺は今回の件を、【黒帝】がやったことにしたのだ。

じゃないと、俺があの場から生き延びるなんてあり得ないからな。

……何にせよ、間違ったことは言っていない。

「俺が急いでいたところに、【黒帝】と出会ってさ。そこで助けてもらったんだ」

「そ、そんな……うそ、だろ？」

「本当だ」

「ッ！　こ、【黒帝】様はどこに!?」

「え、えっと……魔族を倒したらすぐに消えたから知らない……」

「テメェ、何やってんだよ！」

「理不尽すぎないか？」

実際は俺のこととはいえ、俺が【黒帝】の行き先を知らないだけで怒られるのはあんまりだろう。

すると、少し落ち着いたレジーナが続ける。

「それにしても……どうして【黒帝】様がこんなところに……」

「さ、さあ……あ、ほら、あの魔族について調べてるんじゃないか？」

俺は咄嗟にそんなことを口にすると、レジーナは納得した様子で頷いた。

「なるほど……あの魔族の口ぶりだと、妙な組織に属してたみたいだし……確かにそうかもな。おかしいと思ったんだ、あの0級冒険者である【黒帝】様が、そう簡単に冒険者を辞めるわけがねぇって！　アタシの知らない、何か重要な任務に当たってるから、表向きは冒険者を引退することになったんだな、きっと！」

「……」

……どうしよう。適当なことを言ったら、とんでもない勘違いをされてしまった。

「何にせよ、【黒帝】様はまだレディオン帝国にいることが分かった！　アタシはそれで十分だ」

「……」

レジーナは【黒帝】の手掛かりのためにこの地に残り、俺は疑われずに済む……このまま勘違いしてもらった方がお互いにいいかもしれないな。

そんなことを考えていると、村長がやって来た。

「おお、目を覚ましましたか！」

「ああ。世話かけたな」

「いえいえ、とんでもありません！　お二人のおかげで、子供たちを……そして、村を救っていただきましたから」

村長がそう口にすると、レジーナは苦い表情を浮かべる。

「……そういや、元々はゴブリンの討伐で来たんだったな。それがこんなとんでもないことになって……まあ【黒帝】様の手掛かりが手に入ったからよかったけどよ」

「こ、【黒帝】様ですか？」

俺が特に説明していなかったため、レジーナの言葉に反応する村長。

「ん？　聞いてないのか？　アタシたちが助かったのは、たまたま近くにいた【黒帝】様のおかげだよ」

「なんと……あの０級冒険者が、我が村の近くに……」

「まあでも、今はどこかに行っちまったみたいだがな」

そこまで口にしたレジーナは、あることを思い出すと、気まずい表情を浮かべる。

「あー……それで、その……すげぇ言いにくいんだけどよ……？」

「はい？　どうかしましたか？」

「その……かなり激しい戦闘だったせいで、森の大半を吹っ飛ばしちまった。すまねぇ」

そして、レジーナはそう言うと頭を下げた。

……確かに、俺が着いた時には辺り一面更地になっていたからな。

そんな森は、この村にとっては薬草を採取したり、動物を狩ったりなど、生活に密接に関係していたのだ。

そこが荒れ果てたとなれば、生活に大きな支障が出るだろう。

だが、村長はレジーナの言葉に慌てて首を横に振った。

「とんでもありません！　お二人が命がけで戦ってくださったからこそ、こうして子供たちも帰って来たんですから。それに、確かに森の恩恵はたくさん受けて来ましたが、薬草は他でも採取できますし、狩場もまだあります。なので、ご心配には及びませんよ」

「……そう言ってもらえると助かる」

ひとまず、今すぐ村に何かがあるわけではないようで安心した。

すると、レジーナはベッドから起き上がる。

「さて……そろそろ街に戻るとするか」

「いいのか？　まだ体調は戻っていないと思うが……」

「そうですよ。もう少し休まれた方が……」

俺と村長がレジーナの隊長を心配するも、レジーナは笑う。

「大丈夫だって。ただ魔力を消耗して疲れただけだからよ」

「……それは辛いと思うが」

【第三の魔王】に続き、またも『終ノ槍』を発動させた俺も、魔力のほとんどを使い切ったことで、疲労困憊となったのだ。

完全に魔力を使い切ったレジーナの辛さは、それ以上だろう。

「アタシがいいって言ってんだから、いいんだよ！　……それに、早く戻って、協会に報告する必要があるだろ？」

「……」

師匠は魔人会については首を突っ込むなと言われたが……結果的にかかわることになってしまった。

だからこそ、俺から調べたり、報告するつもりはなかったのだが……依頼先で起きた事件である以上、今回の件は協会に報告する必要がある。

「今まで動きを見せなかった魔族が動き始めてんだ。それに、子供を使った実験なんて……まともじゃねぇ。一体、何の組織なんだ？」

険しい表情を浮かべるレジーナ。

それと同時に、俺は男と対峙した時のことを思い返した。

……あの時に流れてきた記憶は何だったんだ？

アレは、確かに俺の記憶のはずだ。

6号って何なんだ？　俺の胸にある【第六の魔王】の心臓と何か関係してるのか？

何にせよ、俺と魔人会の間には何かがあるのだろう。

そう、思うのだった。

＊＊＊

「――――【剣聖】クルール様、ご到着です！」

時は少し遡り。

ブランがレジーナと行動を共にしている頃、クルールはレディオン帝国のルナーク城を訪れていた。

ここはまさにレディオン帝国を治める、帝王ギレオン・ド・レディオンが暮らす場所である。

そんな場所に単身で訪れたクルールを、城の兵士たちは慌てつつも丁重にもてなした。

引退したとはいえ、元0級冒険者であるクルールの功績は、それだけ大きいのだ。

そのまま案内の下、謁見の間に通されたクルールは、堂々とした足取りで中に踏み入る。

すると、様々な貴族の頂点に、一人の壮年の男性が腰を掛けていた。

灰色の髪に鋭い目。

体つきはさほど大きくないものの、見る者を圧倒させる雰囲気が、その男にはあった。

この男こそ、帝王ギレオンである。

ギレオンはクルールの姿を確認すると、微かに目を見開いた。

「……ここに本当に貴女が来るとは。相変わらず変わらんな」

ギレオンがそう口にすると、クルールは不敵に笑う。

「そう言う貴様は少し老けたみたいだな」

「なっ！　いくらクルール様とはいえ、言葉が過ぎますぞ！」

「よい」

クルールの物言いにすぐさま貴族の一人が反応するも、ギレオンはそれを制した。

「それで？　余が呼んだ時には来ない貴女がここに来るとは……よほどのことがあったのだろう。何用で来た？」

ギレオンがそう訊くと、クルールは笑みを引っ込め、真剣な表情を浮かべる。


「――魔人会が動き出した」


「！」

その言葉に、周囲の貴族たちはざわめきだした。

「馬鹿な……あの連中は、すでに駆逐したはずだ！」

「そうだ！　何より、貴女がそれを確認したのだろう⁉」

――かつて世界全域を震撼させた魔人会。

一部の人類と魔族が手を取り合い、新種族の誕生を目論んだその組織は、子供を使い、あらゆる非道な実験を繰り返してきた。

故に、事態を重く見た世界各国が協力し、最終的には各国の騎士団や全0級冒険者が投入されたことで、事件は終息した……はずだったのだ。

「クルール殿。皆の言う通り、あの組織は潰したはずだ」

「そうだな。私も徹底的に潰したつもりだ。だが……完璧じゃない。あの粛清から逃れた連中は、極わずかに残っているだろう」

「それはそうだが……そんな少ない人数で、何ができると言うのだ？　あの事件以降、さらなる犠牲者を出さないために、世界各国は目を光らせてきたはずだ」

「確かに数は減らした。だが、人間が増えているように、魔族もまた、生み出される。その数体が、力を失った魔人会に合流したんだ」

「む……」

「それに、各国が目を光らせてるとはいえ、限界はある。例えば……未開拓領域なんかな」

「何？」

ギレオンが怪訝そうな表情を浮かべる中、クルールは続けた。

「ビアルド山脈は分かるな？」

「ああ」

「その中腹部に、ヤツらの支部があった」

「なっ⁉」

それは、ギレオンたちが知らない情報だった。

「それは本当なのか？」

「ああ。あの胸糞悪い実験は健在で、子供が囚われていたよ」

「その子供たちは……」

「今頃はガルステンで保護されているはずだ。そのうち領主から連絡が来るだろう」

「……」

クルールの言葉に黙る貴族たち。

その様子を見て、クルールは鼻で笑った。

「どうだ？　この国に接するビアルド山脈に支部があったと言うのに、それを知らない貴様らは、果たして本当に世界中に目を光らせられていると思っているのか？」

「それは……」

「貴様らがどう考えようと勝手だが、ヤツらが動き出したことは事実だ」

「……それで、貴女は何を言いたいんだ？」

真剣な表情で問いかけるギレオン。

それに対し、クルールも真剣な表情で答えた。

「私がもう一度、魔人会を潰す。貴様らは、魔人会が動き出したということを頭に入れておけ」

「……それだけか？　手助けは？」

「いらん。というより、出せないだろう？」

「……それもそうだな」

クルールの言う通り、ギレオンの一存でそう簡単に兵を派遣することはできなかった。

ましてや、今はこの魔人会の復活を知っているのは、クルールとレディオン帝国だけなのである。

「各国への説明は……した方がいいのだろうな」

「ああ」

「だが、相手が信じるかどうか……」

先ほどの反応の通り、世界ではすでに魔人会は完全に消滅したものとして考えられていた。

故に、話したところで信じてもらえるとは限らない。

むしろ、その魔人会を潰すためにギレオンが兵を派遣したいと言えば、国によっては挑発行動と捉えることもあるだろう。

これからのことを考えたギレオンは、頭痛を抑えるように眉間をもむ。

「はぁ……ようやく顔を出したと思ったら、面倒な案件を持ち込みよって……」

「フン。伝えることは伝えたぞ」

そんなギレオンに対し、クルールは鼻を鳴らすと、そのまま背を向ける。

すると、ギレオンはクルールの背中に呼び掛けた。

「本当に一人で行くのか？」

「ああ。当時の0級ならともかく、今の0級の連中は動くか分からんからな」

「……そうか」

クルールの言う通り、魔人会の脅威が浸透していた昔は、すべての0級冒険者が協力した。

だが、魔人会との戦争でクルールと同じように引退した0級は多数存在し、今は新たな0級が活躍していた。

そんな0級たちは、魔人会の脅威を知らない。

だからこそ、説明したところで動いてくれるとは限らなかった。

――こうしてクルールは、一人魔人会を潰すため、動き始めるのだった。

＊＊＊

ブランがゲリューザを倒した頃。

「！」

「どうした？」

何かに気付いたドレアスが、勢いよく顔を上げた。

そのことにジオールが首を傾げると、ドレアスは険しい表情を浮かべる。

「……ゲリューザが死んだようです」

「は？」

それは、まったく予想していなかった言葉だった。

「嘘だろ？　あのゲリューザが？」

「ええ。たった今、彼の気配が途絶えました」

「んな馬鹿な……アイツ、結構強かったよな？」

「ええ。【第四の魔王】の力をより強化していましたから、弱いはずがありません」

「それじゃあどうして……」

意味が分からないと言った表情を浮かべるジオール。

すると、ドレアスは少し考え込む様子を見せた。

「……彼の施設は、レディオン帝国内でしたよね？」

「ああ。向こうは俺たちがレディオン帝国に近づかねぇと考えてるから、あえてヤツらの領域

ずだった。

そんなクルールの存在するレディオン帝国にあえて施設を作ることで、上手く隠してきたは

かつて魔人会を潰したクルール。

「……おそらくですが、【剣聖】にバレたのでしょう」

に拠点を隠したんだ……って、まさか！」

「だが、アイツは剣術に優れてるだけで、魔法が得意だったわけじゃねぇ。それなのに、アランの野郎がより念入りに設置した結界魔法を見つけたってのかよ？」

「さあ……どうやったのかは分かりませんが、ゲリューザが消えたのは事実。もしかすると、【剣聖】以外の何者かの仕業かもしれませんね」

「……何にせよ、俺たちの存在が大っぴらになるってわけか」

「ええ。ですから、もっと戦力を集めませんと……今のところ、こちらに合流予定の魔族は数名ほどですしね。できれば、人間側の戦力も補給したいです」

「そこら辺はアランの野郎にかけるしかねぇな。ったく……面倒なことになったな……それで？　このまま黙って待つしかねぇのか？」

ジオールがそう問いかけると、ドレアスは首を横に振る。

「いいえ。このまま待てば、我々の戦力が揃う前に【剣聖】たちと戦うことになるでしょう。

なので……一度、視線を逸らします」

「視線？」

首を傾げるジオールに対し、ドレアスはにこやかに告げた。

「ええ。我々に構ってられない状況になれば、向こうもすぐに動き出すことはないでしょう。それでも、多少の時間稼ぎにしかなりませんが……」

「そりゃいいが……何か策があんのか？【剣聖】どもの視線を逸らすってなると、よほどのことだと思うが……」

「大丈夫です――【黒龍】を使うので」

「何？」

ドレアスの言葉に、ジオールは目を見開いた。

「【黒龍】っていやぁ……三年前に【黒帝】の野郎に討伐されたじゃねぇか。生きてんのか？」

「いいえ、死んでますよ？」

「それじゃあ……」

「――ただ、因子は回収してあるんですよ」

「！　ってこたぁ……」

「はい。この三年で、【黒龍】の肉体の復元はあらかた終わりました。ですが、まだ死体であることに変わりはありません。それに、このまま復活させたとて、万が一【黒帝】が出てくればすぐ討伐されるでしょう。もちろん、それはそれでヤツの回収に近づけはしますが……」

「今この状況でヤツを回収ってのは難しいな。そんなことすりゃあ、視線を逸らすどころか、俺たちの存在を余計に知らしめることになる。戦力が整っていない今、下手に国を刺激するのは面倒だな……」

「ええ。ですから、【黒龍】を強化し、簡単に討伐できないようにします。死体の強化に関しては、ジオールさんはお得意でしょう？」

「――当たり前だ。そいつは俺の領分だからな」

ドレアスの問いかけに、ジオールは獰猛な笑みを浮かべた。

「とにかく、【黒龍】を強化し、復活させれば、他の0級たちに加え、各国の注意を引くことができるでしょう」

「なるほど、作戦は理解したぜ。てか、因子を回収してあるんなら、もっと早く俺に言え！俺なら、三年もありゃあその因子を使って【黒龍】を数体複製できるぞ」

「他の魔物ならそうしましたが……【黒龍】ともなれば、いくらジオールさんでも複製は無理ですよ。なんせ、【第一の魔王】の力が濃く残ってますから」

「……言われてみればそうだな。むしろ、俺の方が取り込まれちまう、か……」

「ええ。それと、安心してください。複製していただきたい死体もいくつか用意してありますので、そちらをお願いします」

「おう、きっちり仕上げてやるぜ」

「では、ジオールさんが複製している間、私は【黒龍】を動かす前段階として……少し動いてきます」

「お、まだ何かやるのか?」

「ええ。念には念を入れておこうと思いましてね」

「んじゃ、そっちはお前に任せるぜ」

ジオールはそう告げると、その場から去っていく。

「さて……世界の皆さんには、我々のためにもう一度、絶望してもらいましょう」

そして、ドレアスは不敵に笑うのだった。

＊＊＊

ゲリューザが死んでから数日後。

――エルトス王国。

ここ、エルトス王国は、レディオン帝国の東に位置している小国であり、周囲を大国に囲まれていた。

そんな中、肥沃な土地と、0級冒険者を抱える国の一つとして、確かな存在感を放っていたのだ。

元々、冒険者は中立組織であり、その役割は魔物の殲滅と、人類の生活圏の確保である。

そのため、戦争が起きた際などは、冒険者はその戦争に介入する義務はない。

とはいえ、その土地で暮らしている以上、基本的に冒険者はその土地を護るために戦うことが多かった。

故に、冒険者の最高戦力である0級冒険者の所在は、とても重大なのである。

そのため、引退した元0級冒険者のクルールや【黒帝】、そして他にも0級冒険者を抱えているレディオン帝国は、超大国として君臨しているのだ。

ただ、小国であるエルトス王国が、他の列強諸国に肩を並べているのは、他の理由があった――。


「ふう……こんだけあれば十分かな」

一人の中年の男が、エルトス王国の村に隣接する【静寂の森】にて、薬草採取を行っていた。

この森は広大であり、奥地には強力な魔物が棲んでいるものの、その魔物たちは奥地から出てくることはない。

そして森の浅い部分には、せいぜい獣が出現するだけで、魔物はまず見かけることはなかった。

故に、村人たちはこの森で狩りをしたり、薬草を採取したりしながら、生活をしていた。

そんな村人の一人である男は、採取した薬草を確認すると、背負い籠に入れる。

男が採取していたこの場所は、森の中でもそこそこ奥地の方に位置しており、浅い部分に比べ、採取できる薬草の量が非常に多かった。

普通の森であれば、男がいるくらいの位置なら、魔物と遭遇してもおかしくない。

しかし、男の周囲には魔物の気配は感じられなかった。

「よし。村に帰るか」

男はそう口にしながら、籠を背負った瞬間だった。

「ん？」

男の耳に、何か異様な音が聞こえてきた。

「何だ？」

ドドドドドと何かが駆け抜けるような音は、今までこの森の中で耳にしたことはない。

それだけ普段から静かな森だからこそ、【静寂の森】と名付けられていた。

そんな中、この慌ただしい音を耳にしたことで、男は首を傾げる。

「何が起きている……？」

男は興味を惹かれ、音のする方に近づいた。

すると、徐々に音は大きくなり、地響きのような揺れが、男を襲う。

「お、おお⁉」

「うわっ⁉」

堪らず膝をつく男。

その次の瞬間、近くの茂みから何かが飛び出し、男の頭上を駆け抜けた。

「い、今のは……」

「――――ウォオオオン！」

「！」

突然の事態に呆然とする男だったが、聞こえてきた遠吠えに目を見開いた。

そして、先ほど何かが飛び出してきた茂みから、次々と新たな存在が現れる。

「グルォオオオオオ！」

「ウォンッ！」

「ひぃ⁉」

飛び出したのは、漆黒の体毛に赤い瞳を持つ狼。

なんと、茂みから飛び出したのは３級の魔物――【ヘルウルフ】の群れだったのだ。

ヘルウルフたちは一斉に森を駆け抜けると、そのまま森の出口にまで向かっていく。

その光景を見て、男は正気に返った。

「なっ！　そっちには村が……！」

そう、ヘルウルフたちが駆け抜ける方向には、男が暮らす村があったのだ。

「どうして……！　そもそも、ヘルウルフなんてここら辺にいないはずじゃ……！」

確かに【静寂の森】の奥地には、魔物が存在する。

だが、ヘルウルフの出現報告はされていなかった。

慌てて男が後を追おうとした瞬間、男は何かに押し倒される。

「ぐっ⁉」

「ガルルルル……」

「ひっ⁉」

男が圧し掛かられた背中に目を向けると、涎を垂らしたヘルウルフの姿が。

ヘルウルフによって拘束されてしまった男は、何とか逃げ出そうと藻掻くも、相手は3級の魔物であり、ただの村人如きではどうすることもできない。

それどころか、ヘルウルフが軽く前足で押さえつけているだけで、すでに男の体は潰される寸前だった。

「うぐ、あが……」

そこから徐々に圧力がかけられ、全身の骨がへし折れる音が響き渡る。

もはやここまで――――そう思った瞬間だった。

「――――『彼女』の言った通りだな」

突如、男にかかっていた圧力が、消失した。

「え……」

男は何が起きたのか理解できず、呆けた声を上げる。

すると、男の隣に、ヘルウルフの体が倒れてきた。

しかも、そのヘルウルフは、頭から上が綺麗に消えていたのである。

「何、が……」

「大丈夫か」

男は驚きつつも、何とか声の方に視線を向ける。

「!」

するとそこには、一人の壮年の男性が立っていた。

その男性は異様な気配を放っており、いたる所に傷跡が見受けられる。

ボロボロに擦り切れた黒い道着に、同じく黒いロングコートを羽織っていた。

そんなロングコートの背中には、「0」と金色の刺繍が施されている。

「あ、アンタは……!」

男は危機的状況だったことも忘れ、目の前の男性の気配に飲み込まれた。

そう、この男性こそがエルトス王国の0級冒険者――【拳匠】ヘルゼンだった。

ヘルゼンは手持ちの回復薬を取り出すと、そのまま無造作に男の体に振りかける。

すると、あれだけ傷ついていた男の体が、一瞬にして回復した。

「す、すごい……」

呆然と体を見下ろす男をよそに、ヘルゼンは森の入り口に目を向けた。

そして、駆け抜けていくヘルウルフたちに向け、右手を突き出すと――。

「――逃がさん」

まるで何かを手繰り寄せるかのように、拳を握った。

「ギャン⁉」

「グルオオオ⁉」

「ガアッ⁉」

その次の瞬間、今まさに森を抜けようとしていたすべてのヘルウルフたちは動けなくなり、そのまま宙に浮かび上がると、ヘルゼンの下に向かって一気に引き寄せられたのだ。

巨大な竜巻に吸い込まれるようにして飛んでいくヘルウルフたち。

そんなヘルウルフを前に、ヘルゼンはノックするかのように軽く空を叩いた。

「消えろ」

すると、一斉に引き寄せられていたヘルウルフたちが、そのまま空中で爆散し、消失したのだ。

「なっ……」

一瞬の殺戮に男が驚く中、後に続こうとしていた他のヘルウルフたちは、ヘルゼンの気配に気圧され、動けなくなっていた。

「理性はなくとも恐怖は感じるか……ならば、そのまま恐怖に飲まれて死ぬがいい」

ヘルゼンは再び拳を握ると、正拳突きを放つ。

「『壊魔拳』」

――それは、恐ろしいほどの静寂だった。

ヘルゼンの放った拳は、決してヘルウルフたちに触れていない。

ただ、空を突いただけである。

だが……刹那の静寂の後、あれだけ押し寄せていたヘルウルフたちの体が、爆散したのだ。

それと同時に、すさまじい風圧が周囲に広がる。

そんな風圧に煽られながら、目の前で繰り広げられた殺戮劇に、男はつばを飲み込んだ。

「これが、0級……」

ヘルウルフ単体でも3級に位置するというのに、群れともなれば、その脅威は一気に1級にまで跳ね上がる。

1級冒険者の中でもトップクラスの実力を誇るレジーナであれば、同じように一人で殲滅できただろう。

だが、他の1級の冒険者がこの群れの襲撃を一人で止められるかと言われれば、そういうわけにもいかない。

あくまで1級冒険者は1級の魔物単体と張り合える程度の実力があるだけで、たとえ格下の3級であっても、1級の危険度までに跳ね上がった数の暴力には、ほとんど無力だった。

しかし、そんな危険な状況をひっくり返してしまえる存在が……0級冒険者なのである。

故に、0級冒険者をどれだけ抱えているかが、国力にも繋がるわけだ。

呆然と目の前の光景を見つめていた男だったが、すぐに正気に返ると、ヘルゼンに頭を下げた。

「あ……た、助けていただき、ありがとうございます！」

「気にするな。私はただ、『彼女』の予言を受け、ここに来ただけだからな」

「予言……？　ま、まさか、フュリス様の⁉」

――エルトス王国が列強諸国に対抗できるもう一つの理由。

それは、【予言者】フュリスの存在だった。

小さな国でしかないエルトス王国には、この【予言者】と呼ばれる特殊な力を持つ者が存在し、今の時代まで受け継がれてきたのだ。

その予言は万能ではないものの、様々な危機を何度も予言し、王国はその危機を乗り越えてきたのである。

この【予言者】フュリスとヘルゼンの存在こそが、エルトス王国の要だった。

「そうだ。彼女はここで、異変が起こることを予言した。そして私はその異変を止めるよう、頼まれたのだ」

「そ、そんなことが……ですが、今ので異変は収まったのですか？」

「いや。今のはただの序章に過ぎない」

「なっ！」

「故に、ここは危険だ。君は村に戻り、このことを伝えろ」

「わ、分かりました！」

男は慌てて駆け出すと、そのまま村に帰っていく。

その様子を見送ったヘルゼンは、改めて【静寂の森】に目を向けた。

「大いなる災いが訪れる、か……」

フュリスの語った予言を思い出し、そう呟くヘルゼン。

ヘルゼンはただ、この予言を食い止めるため、ここに派遣されただけに過ぎない。

故に、何が起きるのか、まったく分かっていなかった。

「……何にせよ、彼女の予言は絶対だ。私はただ、災いを阻止できればそれでいい」

ヘルゼンはそう口にすると、第二第三の異変に備えるのだった。

＊＊＊

――この世には、五つの魔王が治める領域が存在する。

【第一の魔王】リリスが治める【魔大陸】。

【第三の魔王】ナチュルが治める【魔の森】。

そして――【死粘の大地】。

紫や緑といった、不気味な粘液が大地に染み込み、周囲には一切草木はない。

所々沼地のようなものも見受けられるが、それらすべては猛毒で、気泡を上げては周囲に毒をまき散らしている。

そんな過酷な土地でありながらも、不気味な色合いをしたスライムや、通常とは異なる皮膚を持つゴブリンなどが闊歩していた。

「――シ、ンダ」

赤、青、緑、紫、黒……様々な色が交じり合った粘性体。

一見、スライムのようにも思えるが、その姿はゴブリンを象ってるようにも見えた。

ただし、その大きさはゴブリンなどとは比べ物にもならず、一つの小山が動いているようである。

そう、この粘性体こそ、この地を治める【第四の魔王】――ゴブライムだった。

ゴブライムは自身の眷属であるゲリューザが死んだことを察知したのである。

「ダレ、ガ、コロシタ?」

顔らしき部分を震わせ、そう言葉を発するゴブライム。

その口調はたどたどしく、あまり知性があるようには思えなかった。

「ユル、セナイ。ツクル、ツクル……」

突然、ゴブライムは体を震わせる。

するとゴブライムの体の一部が、次々と零れ落ちた。

小さな粘液はすぐさま形を変え、様々なスライムとなって生み出される。

中サイズの粘液はどんどん固まっていくと、何とゴブリンやオークといった種族へと生まれ変わった。

そんな中、零れ落ちた中でひと際大きな粘液は、徐々に人の形を成していき、気付けば魔族へと変化する。

こうして生み出された魔物や魔族は、今生まれたばかりなのにもかかわらず、自分の存在と、生みの親であるゴブライムを正しく認識していた。

「私を生み出してくださり、ありがとうございます」

新たに生まれたゴブライムの魔族は、恭しくゴブライムに頭を下げる。

そんな礼を受けつつ、ゴブライムは一つの命令を下した。

「サガス、サガス。コロシタ、ヤツ、コロス」

「――――かしこまりました」

ゴブライムの言葉には説明がなかったが、魔族には正しくその意思が伝わっており、命令を受けた魔族は再び頭を下げると、その場から消えた。

「ニンゲン、コロス。イマスグ、コロス」

「ギャギャ！」

「グォオオオ！」

さらに残った魔物にそう告げると、ゴブリンたちは雄たけびを上げ、そのまま人類の生存圏へと侵攻を始める。

それを見届けたゴブライムは、満足げに体を震わせた。

「コレデ、イイ。ネル、ネル……」

――そして、そのままゴブライムは深い眠りに落ちていくのだった。

＊＊＊

各地で様々な思惑が動き始めた頃、リリスはとある気配を感知していた。

「……【黒龍】？」

それは、かつてリリスが寵愛していた【黒龍】の気配。

だが、【黒龍】は、死んだはずだった。

「どうして【黒龍】の気配が……それに、ドレアスはいつまで私を待たせる気なのかしら」

【黒帝】が【黒龍】を殺したことを知らないリリスは、それらを探るために配下のドレアスを向かわせていたものの、一向に捜査の進展の報告がされていなかった。

「この私を待たせるなんて生意気ね。帰ってきたら、殺さなくちゃ」

自身の配下ですら、躊躇いもなく殺す。

それこそが【第一の魔王】であり、【魔物の母】とも呼ばれるリリスだった。

こうしてドレアスの処遇を簡単に決めたリリスだったが、【黒龍】の気配から違和感を覚えた。

「……これは……」

その次の瞬間だった。

「――舐めた真似してくれるじゃない」

突如、リリスの体からとんでもない量の魔力が放たれる。

その魔力は【魔大陸】全域に行き渡り、そこに棲む魔物たちを震え上がらせた。

「どうしてあの死にぞこない……【第二の魔王】の力が混じってるのかしら？」

そう、リリスは【黒龍】の気配に、【第二の魔王】の力が混じっていることを感じ取ったのだ。

「私の物を奪うなんて、いい度胸じゃない」

怒りのまま、魔力を解放するリリス。

しかし、その魔力はすぐに霧散した。

「はぁ……とはいえ、いくら怒ったところで、ここから出られないのよねぇ」

――【第六の魔王】との戦いで、すべての魔王が力を大きく落とし、その力を回復するためにもそれぞれの領域から出ることができなかった。

「今でも十分人間どもは滅ぼせるけど……アイツが相手だと、さすがにそう簡単にはいかないものねぇ」

リリスにとって、人間はすぐにでも滅ぼせる存在として認識しており、それ以上に他の魔王に対する警戒を強めていた。

というのも、魔王はそれぞれが人類の敵として存在しているものの、決して仲間というわけではないからだ。

すると、面倒くさそうにため息を吐いていたリリスは、また別の気配を感じ取る。

「あら？　これは……ゴブライム？」

リリスは、ゲリューザを殺されたことで怒り、新たな魔物と魔族を生み出したゴブライムの力の波動を感じ取ったのである。

「あの子が動くなんて珍しいわねぇ。何があったのかしら？」

【第三の魔王】ナチュルは穏健派として知られ、人類が手を出さなければ何もしない存在として扱われてきた。

それに対してゴブライムは、人類に対しては無関心であり、基本的には自身の領域で眠り続けるだけだった。

ただ、本人は無関心ながらも、気まぐれに粘液をまき散らし、それらがスライムやゴブリンへと形を変え、世界各地に広がり、結果的に人類へ被害を与えている。

そのため、ゴブライムから動くのは非常に珍しいことだった。

「ゴブライムといい、私の【黒龍】といい……人間界では妙なことが起きてるようねぇ」

リリスはそう口にすると、城の外に出て、一つ指を鳴らした。

次の瞬間、リリスの目の前に巨大な黒い炎が現れる。

その炎はやがて形を変え、最終的に巨大な赤い竜が生み出された。

「せっかくだし、私もちょっかいかけちゃおうかしら♪」

「――――グォオオオオオオオオオオオオオオオオ！」

赤竜は巨大な咆哮を上げると、そのまま空高く舞い上がる。

そして、大きく羽ばたき、【魔大陸】を去っていった。

「さぁて……どんなことになるかしらねぇ？」

その姿を見送りつつ、リリスは妖艶に笑うと、再び城へと戻っていくのだった。

あとがき

こちらの作品をお手に取っていただき、ありがとうございます。

作者の美紅です。

大変ありがたいことに、皆さまのおかげでこうして第二巻を出させていただくことができました。

本当にありがとうございます。

今回の巻では、ブランとも関係の深い【魔人会】の暗躍を始め、様々な出来事が起こりました。

そこで登場した初めての魔族との戦闘や、レジーナの活躍を楽しんでいただけたのなら幸いです。

また、最後には初登場となる0級冒険者に、【魔人会】のさらなる策略など、次回がどうなるのか、私自身もまだ分かっていませんが、楽しみにしていただければと思います。

今回も大変お世話になりました、担当編集者様。
引き続きカッコいいイラストを担当してくださっているfame様。
そして、この作品を読んでくださっている読者の皆様に、改めて感謝を申し上げます。
ありがとうございます。
これからもブランの動向を楽しんでいただけますと幸いです。
それでは、また。

第二の人生は雑用係でお願いします

英雄ブランの人生計画(キャリアプラン)

コミカライズ鋭意制作中!!!!!!!!!!!!!!!!!!!!!!!!!!!

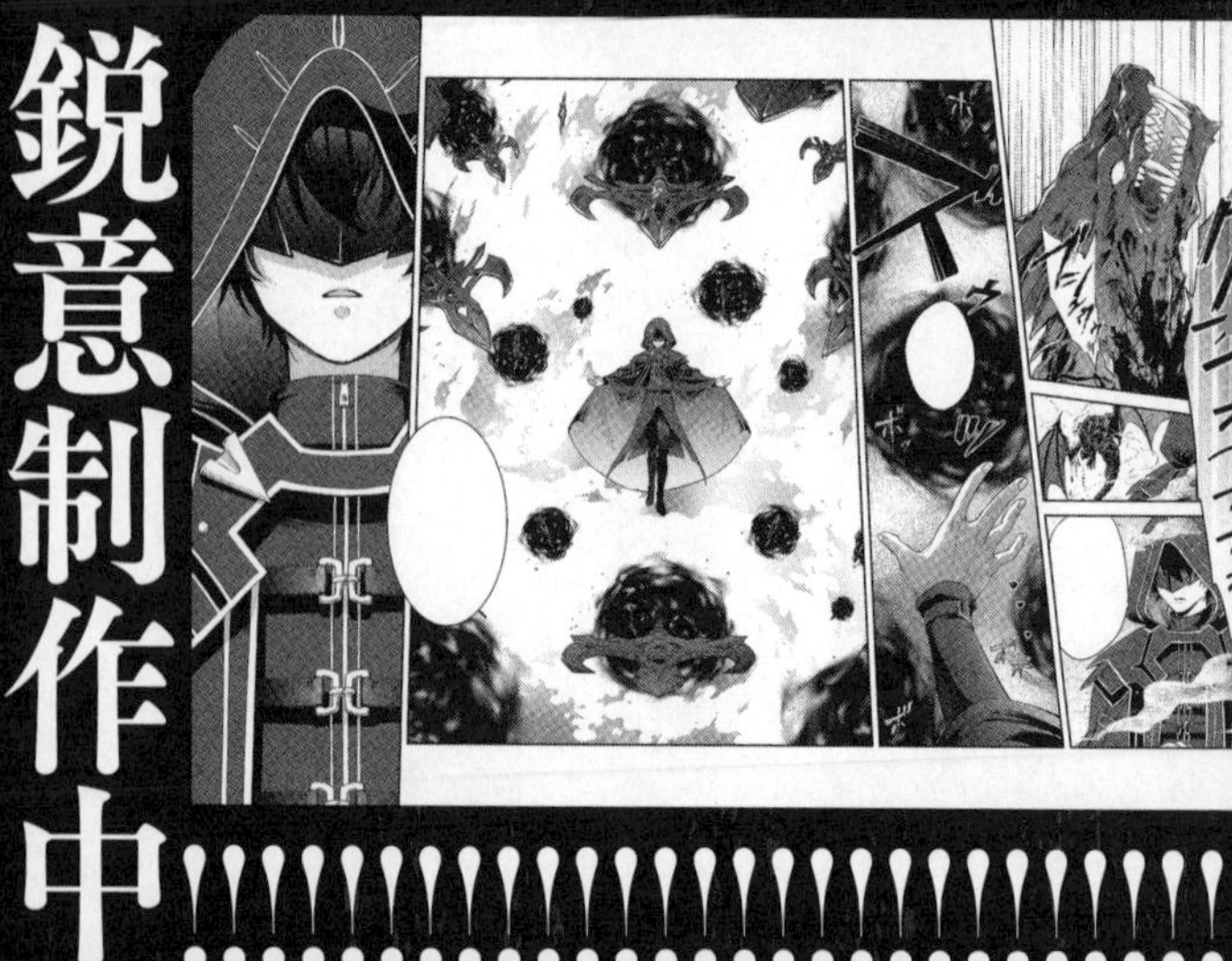

本書に対するご意見、ご感想をお寄せください。

あて先

〒162-8540 東京都新宿区東五軒町3-28
双葉社　モンスター文庫編集部
「美紅先生」係／「fame先生」係
もしくは monster@futabasha.co.jp まで

英雄ブランの人生計画　第二の人生は雑用係でお願いします②

Mみ01-17

2024年7月1日　第1刷発行

著者　美紅

発行者　島野浩二

発行所　株式会社双葉社
〒162-8540
東京都新宿区東五軒町3-28
電話　03-5261-4818(営業)
　　　03-5261-4851(編集)
http://www.futabasha.co.jp
(双葉社の書籍・コミック・ムックが買えます)

印刷・製本所　三晃印刷株式会社

フォーマットデザイン　ムシカゴグラフィクス

落丁・乱丁の場合は送料双葉社負担でお取り替えいたします。「製作部」あてにお送りください。
ただし、古書店で購入したものについてはお取り替えできません。
[電話]03-5261-4822(製作部)

定価はカバーに表示してあります。

ISBN978-4-575-75341-7　C0193
Printed in Japan

モンスター文庫

1

まるせい
絵 チワワ丸

生贄になった俺が、なぜか邪神を滅ぼしてしまった件

自ら幼馴染の身代わりに邪神への生贄となったエルト。邪神の攻撃を前に死を覚悟し、最期を迎える……はずだった。が、ユニークスキル『ストック』が発動し、気が付くと邪神を返り討ちにしていた。生還したエルトは幼馴染に無事を伝えるため、故郷の村へと旅立つことに。道中、森を歩いていると強力なモンスターに遭遇。戦闘を回避しようと考えたその時、モンスターの傍で気を失っている少女を発見し——生贄系主人公による王道成り上がりファンタジー開幕！

モンスター文庫

発行・株式会社　双葉社